선인들의
지리산 기행시
3

선인들의
지리산 기행시
3

최석기 · 강정화

보고사

탁월한 문장력은 원유(遠遊)에서 나오는 법

    몇 해 전 『노는 만큼 성공한다』(21세기북스, 2011)는 김정운 교수의 책이, 놀 줄 모르고 쉴 줄 모르는 한국인의 문화심리를 꼬집어서 이슈가 된 적이 있었다. 한국전쟁 이후 철저히 황폐해진 한국사회를 수십 년의 짧은 기간 내에 이처럼 경제 강국으로 재건할 수 있었던 것은 그 놀 줄 모르고 쉴 줄 모르는 근성 때문이었음을 인정하면서도, 이제는 시대가 달라져 놀면서 배우고 일해야 한다는 문화심리학 방면의 새로운 접근이었다. '일에 빠져 있을 때 머리는 가장 무능해진다'라든가, '한국은 놀 줄 몰라 망할지도 모른다'라든가, '일중독에 빠진 리더(Leader)의 착각' 등의 도발적인 문구를 보면서 마치 나를 들여다보고 있는 듯하여 내심 놀랐던 기억이 새롭다. 결국 놀고 즐기되 마냥 놀지 말라는 거다. 어찌 놀아야 하나.

    이전 우리의 선현들은 '유람'을 노는 것으로 인식하지만은 않았다. 그들의 유람은 특히 넓게 보고 깊게 느끼려는 지식인의 지적욕구와 결부되어 다양한 학문적·문학적 지취(志趣)로 표출되었다. 예컨대 조선을 대표하는 문장가의 한 사람이었던 유몽인(柳夢寅)은 역사상 중국에서 이름났던 학자나 문장가의 학문과 문장력은 '유람'을 통해 완성되었다고 확언하였다. 공자(孔子)의 높은 학문과 세상을 보는 직관력이 주유천하(周遊天下)를 통해 완성되었고, 이백(李白)과 두보(杜甫) 같은 대시인은 물론이고 한유(韓愈)나 소식(蘇軾) 같은 대문장가에 이르기까지, 특히 사마천(司馬遷)의 탁월한 문장력이 그의 원유(遠遊)에서 비롯되었다고 하였다. 그리고 이는 조선시대 지식인들 사이에선 공유된 인식이었다. 그래서일까. 지리산을 찾은 조선조 지식인들은 자신의 유람에서 그만의 문장력을 유감없이 발휘하곤 하였다. 대표적인 것이 장편시(長篇詩)이다.

이 책은 지리산 기행시 가운데에서 장편시만을 번역하여 실었다. 전 시기에 걸쳐 발굴된 작품은 모두 18편이다. 기행연작시(紀行連作詩)가 유람 준비 과정이나 시작에서부터 귀가까지의 일정을 각각의 한시로 연작하고 다시 이를 아우르는 하나의 제목으로 묶은 형태라면, 기행장편시는 이 모든 과정을 애초 한 편의 작품으로 엮는 방식이다. 이 책에는 100운(韻) 전후의 장편시가 무려 절반 가까이 실려 있다. '100운'이면 200구(句)를 말한다. 말 그대로 이 장편을 처음부터 끝까지 '한 호흡'으로 끌고 나가야 하는데, 막강한 내공을 지니지 않으면 절대 불가능한 일이다. 그리고 이는 이 장편을 읽어 내려가는 독자 또한 '한 호흡'으로 읽어 낼만한 내공을 반드시 필요로 한다는 말이기도 하다. 이 책 속의 황준량(黃俊良)·유몽인·양경우(梁慶遇)를 비롯하여 지리산권역 인물인 성여신(成汝)·문홍운(文弘運)·성사안(成師顔) 등의 작품을 읽어보면 반드시 이 말을 절감하게 될 것이다.

이 책에 실린 내노라하는 조선조 문인들의 탁월한 문장력은 독자들에게 지리산의 또 다른 얼굴을 보여 줄 것이다. 또한 여느 명산과는 확연히 다른, 조선조 지식인의 지리산에 대한 인식을 확인시켜 줄 것이다. 역자는 이것이 지리산이 지닌 정체성의 한 부분이라고 확신한다. 부디 독자들이 이 책을 통해 지리산의 '그' 진면목을 만날 수 있기를 간절히 기대해 본다.

2016년 2월 역자가 쓰다

목차

천왕봉 너머엔
다시 더 높은 산이 없구나

유호인의 두류가

천왕봉 너머엔 다시 더 높은 산이 없구나

유호인俞好仁의 두류가頭流歌

○ 두류가, 진산¹으로 돌아가는 여령²에게 주다 頭流歌 贈與岭還晉山

두류산 웅장하게 서려 남쪽 지방에 가로놓였으니	頭流磅礴橫南藩
엄천³의 강물이 처음으로 발원해 나오는 곳이라.	㵳川之水初發源
한 자 되게 큰 비단 문양의 드문 종자 물고기들	一尺錦魚偏種尾
통통하게 살찐 배는 소반 위 음식으로 일품일세.	腹腴味可充盤飱
용유담⁴ 주변에는 바위 관문에 움푹 팬 구멍들	龍游潭上石關黿

---

1 진산(晉山) : 현 경상남도 진주(晉州)를 일컫는다.

2 여령(與岭) : 여령(與齡)의 오자(誤字)인 듯하다. 유호인의 『뇌계집(㵳谿集)』에 몇 군데 보인다. 김종직(金宗直)의 『점필재집(佔畢齋集)』에는 '강여령(姜與齡)'으로 되어 있다. 여령은 강 아무개의 자(字)인데, 이름은 자세치 않다.

3 엄천(㵳川) : 지리산 북쪽에서 발원하여 동쪽의 산청군으로 흐르는 강으로, 엄천(嚴川)이라고도 한다.

비탈 벼랑에 조각하는 일 누가 새기기 시작했나.　　垠堮劃剗誰始鑿

조물주가 일부러 장난삼아 한 것인 줄 알겠으니　是知造物故戲爲

하나하나 미루어 따져봄이 얼마나 크게 미련하리.　一一推究何大憨

금대사⁵에서 천왕봉을 마주 대하고 있자니　　金臺寺對天王峯

무성한 숲 서늘한 달빛 유리를 쌓아둔 듯.　　薜蘿涼月堆琉璃

가을바람에 계수나무 열매 더 맑고 작은데　　秋風桂子更淸瘦

어디선가 은근히 비추는 바위들의 속삭임.　何處隱暎山石辭

영신사⁶ 북쪽에 높다랗게 솟아있는 산꼭대기　靈神寺北高山巓

우뚝한 봉우리들 창처럼 벌여 창공을 뚫었네.　衆矗列㦸攙雲天

이 산에서 울리는 온갖 소린 진정한 음악이라　是間萬籟眞笙竽

구름 문양 깃발의 난새 봉황을 채찍질하는 듯.　却疑雲旗鸞鳳鞭

영신사 남쪽 골짜기 길에 인적이 끊어졌구나　靈神寺南路無蹤

푸른 하늘에 새 한 마리가 고운⁷을 전송하네.　靑冥獨鳥孤雲送

---

4 용유담(龍游潭) : 현 경상남도 함양군 마천면 임천강 상류에 있는 못 이름으로, 바위 협곡
에 움푹 패여 그 깊이가 수십 길이나 된다고 한다. 지리산에서 홍수나 가뭄 때 기우제를
지내던 곳으로도 유명하다.

5 금대사(金臺寺) : 현 경상남도 함양군 마천면 가흥리 금대산 정상 부근에 있는 금대암을
가리킨다.

6 영신사(靈神寺) : 현 지리산 세석산장 뒤쪽 영신봉 남쪽 아래에 있던 절이다.

인생살이 멋대로 살아가면 신선이 되는데	人生適意卽爲仙
무엇 때문에 별도로 청학동8을 구하리오.	何用別求靑鶴洞

백팔 굽이를 돌고 돌아도 넘을 수 없는 곳	百八盤旋不可度
한가한 구름과 지는 해 아득히 휘감아 도네.	閑雲落日莽回互
곧바로 도사를 만나서 앞길을 물어보았으니	卽逢道士話前程
아마 꿈속에서 천태산9 길로 들어섰나 보다.	疑是夢入天台路

향적사10에 들렀는데 승려는 보이지 않고	香積寺中僧不見
구름 속 식량 같은 한 줄기 샘이 시원하네.	雲糧一脈泉泠泠

---

7 고운(孤雲) : 최치원(崔致遠, 857- ?)의 호(號)이다. '영신사 남쪽 골짜기'는 대성골을 가리키며, 그 아래에 최치원이 노닐던 신흥사(新興寺)가 있었고, 신흥사 앞 시내에 최치원이 귀를 씻었다는 세이암(洗耳嵒) 각자(刻字)가 있다.

8 청학동(靑鶴洞) : 예로부터 지리산에 있다고 일컬어지던 이상향으로, 여기서는 현 경상남도 하동군 화개면에 위치한 쌍계사와 불일폭포가 있는 골짜기를 가리킨다. 이 외에도 지리산에는 세석평전, 하동 덕평(德坪)과 악양(岳陽) 등이 청학동으로 불리곤 했다. 화개 청학동은 고려시대 문인 이인로(李仁老)가 지리산 청학동을 찾아 왔던 곳이며, 최치원이 신선이 되어 청학을 타고 불일폭포에서 노닐고 있다고 전해지는 지리산 청학동의 대표적 장소이다.

9 천태산(天台山) : 중국 절강성 천태현에 있는 명산으로, 산봉우리가 수려하고 계곡이 아름답기로 유명하다. 진(晉)나라 때 손작(孫綽)의 「유천태산부(遊天台山賦)」로 인해 더욱 세상에 알려지게 되었다.

10 향적사(香積寺) : 지리산 장터목에서 천왕봉 쪽으로 오르다 보면 고사목 지대가 나타나는데, 그 오른쪽 능선 아래에 있었던 절이다. 천왕봉 성모사(聖母祠)의 성모에게 제사를 지내기 위해 건립한 절이었다.

천년토록 하얗게 바랜 용호 뼈 같은 고사목　　千年白摧龍虎骨
골짜기 굴에서 가끔 도깨비 정령이 보이네.　　墾竇時看魍魅精

천왕봉에 올라서자 온갖 신선들 읍을 하더니　　天王峯上揖群仙
순식간에 번개가 번쩍번쩍 운무가 덮어버렸네.　須臾閃爍飛雲煙
고금을 우러르고 굽어봐도 눈 아래에 있을 뿐　俯仰今古只眼底
한 구역의 삼라만상 부질없이 푸르기만 하네.　一區萬象空蒼然

천왕봉 너머엔 다시 더 높은 산이 없구나　　　天王峯外山無尊
한 밤중에 해가 떠서 동쪽 하늘 밝아오네.　　　夜半日出扶桑曉
곧바로 동남쪽 만 리 먼 곳을 바라다보니　　　直視東南萬里間
한 터럭 푸른 섬이 운해 속에서 보이누나.　　　一髮靑島海雲表

작품
개관

출전 :『뇌계집(㵢谿集)』권2,「두류가, 진산으로 돌아가는 여령에게 주다(頭流歌 贈
　　　與岭還晉山)」
일시 : 1472년 8월 14일 - 8월 18일
동행 : 김종직(金宗直), 조위(曺偉), 임대동(林大仝), 한인효(韓仁孝) 등
일정 : ●8/14일 : 함양군 관아 - 엄천(嚴川) - 화암(花巖) - 지장사(地藏寺) - 환희대(歡
　　　喜臺) - 선열암(先涅庵) - 신열암(新涅庵) - 고열암(古涅庵)

- 8/15일 : 고열암 -〈쑥밭재〉- 청이당(淸伊堂) - 영랑재(永郞岾, 현 하봉下峯)
  - 해유령(蟹踰嶺) - 중봉(中峯) - 마암(馬巖) - 천왕봉(天王峯) - 성
  모사(聖母祠)
- 8/16일 : 성모사 - 통천문(通天門) - 향적사(香積寺)
- 8/17일 : 향적사 - 통천문 - 천왕봉 - 통천문 - 중산(中山, 帝釋峯) - 저여분(沮
  洳原) - 창불대(唱佛臺) - 영신사(靈神寺)
- 8/18일 : 영신사 - 영신봉(靈神峯) -〈한신계곡〉-〈백무동〉- 실택리(實宅里)
  - 등구재(登龜岾) - 함양군 관아

관련 작품 : 김종직의 「유두류록(遊頭流錄)」과 「유두류기행(游頭流紀行)」

참고 자료 :『선인들의 지리산 유람록』(돌베개, 2000),『선인들의 지리산 기행시 1』
(보고사, 2015)

저자 : 유호인(兪好仁, 1445-1494)

자는 극기(克己), 호는 뇌계(㵢溪)・임계(林溪)이며, 본관은 고령이다. 점필재(佔畢
齋) 김종직(金宗直, 1431-1492)의 문인이며, 문장으로 이름났다. 1474년 문과에 급제
하였고, 1476년 사가독서(賜暇讀書)한 뒤 1479년 거창 현감을 지냈고, 공조 좌랑・합
천 군수 등을 역임하였다. 1490년『유호인시고(兪好仁詩藁)』를 직접 편찬해 진헌(進
獻)하였고, 왕으로부터 표리(表裏)를 하사받았다.『동국여지승람(東國輿地勝覽)』편
찬에도 참여하였다. 저술로『뇌계집』이 있다. 전라도 장수의 창계서원(蒼溪書院)과
경상도 함양의 남계서원(灆溪書院)에 제향되었다.

유호인은 김종직이 함양군수로 재직하던 1472년 8월 14일부터 18일까지 동문인 조
위・임대동・한인효 등과 함께 스승의 두류산 유람에 동행하였다. 김종직은 이 유람
에서 유람록인 「유두류록」과 기행연작시 「유두류기행」 등을, 유호인은 「두류가」를
남겼다.

이 산을 중국 땅에 옮겨놓아도
지상에서 우뚝하리니

황준량의 유두류산기행편

이 산을 중국 땅에 옮겨놓아도
지상에서 우뚝하리니

황준량黃俊良의 유두류산기행편遊頭流山紀行篇

- 을사년(1545) 여름 4월에 산천을 유람하였다. 乙巳夏四月 遊山川

바람 난 말이 어느 봄날 굴레를 벗어버린 듯	風馬春脫羈
들녘에 살던 학이 가을 날 새장에서 풀려난 듯.	野鶴秋開籠
높은 곳에 스스로 오르면 우주가 넓고 넓으리니	軒昂自任宇宙寬
말의 엉덩이에 채찍질하는 것을 그 누가 금하리.	誰鎖玉脛鞭雲驄
만 리 먼 길의 곤륜산¹에 올라가 흰 깃을 털고	崑崙萬里刷雪羽
화산²의 남쪽 석양녘에서 오색 말을 뽐내리라.	華陽落日驕花驄

---

1 곤륜산(崑崙山) : 중국 전설 속 신선이 사는 신산(神山)으로, 여선(女仙)인 서왕모(西王母)가 사는 곳이다. 여기서는 황준량이 사는 곳에서 서쪽에 있는 삼신산(三神山)의 하나인 지리산을 일컫는다.

2 화산(華山) : 중국 오악(五嶽)의 하나인 서악(西嶽)으로, 여기서는 서쪽에 있는 지리산을

속세 학자 뒤늦게 머리 돌린 것 탄식할 만하니 堪嗟俗學晚回首
대롱으로 표범 무늬 하나 본 무지함이 부끄럽네. 管豹一斑慙悾悾
우물 속에 살면서 하늘을 본 개구리 같은 안목 低回井天一蛙黽
한 평생 고서 속에서 보낸 늙은 좀 같은 존재라. 生死塵編老蠹蟲
신선술 배우지 않아 숨죽이고 고개 숙여 심신이 위축되니
旣不學低眉伏氣摧心顔
남의 집 문 청소하러 가는데 몸을 굽히지 않으리. 往掃人門能曲躬
모나고 질박함을 고치고 지조와 절개를 바꿀 수도 없어서
又不能刓方斲朴變操節
생황을 잘 연주해 제나라 악공[3] 되기를 구하네. 巧把好竽求齊工
외로운 이내 몸 하는 일 없이 녹봉만 받아먹고 孤蹤素食厠鷺序
칠 년 동안 외람되게도 성균관 직책에 있었네. 七載倚席忝周雝
괴안국의 한 바탕 꿈[4]을 장생[5]은 깨달았지 一場槐夢覺莊生
학교[6]에 다시 부임하니 진공[7]에게 부끄럽네. 再臨湖學慙陳公

일컫는다.

3 제나라 악공 : 생황 듣기를 좋아하던 제 선왕(齊宣王)이 생황을 잘 부는 악공을 뽑아 악단을 만들었다고 한다. 여기서는 '생황을 잘 부는 악공'이란 의미로, 산을 유람할 때 데리고 가는 악공의 역할이나 하겠다는 말이다.

4 괴안국의……꿈 : 순우분(淳于棼)이란 사람이 꿈에 괴안국(槐安國)에 가서 부귀영화를 누렸는데 깨어보니 그 괴안국이 바로 홰나무 아래의 개미구멍이었다고 한다. 인생의 부귀영화는 한 바탕 꿈처럼 덧없음을 비유하는 말이다.

5 장생 : 『장자(莊子)』의 저자 장주(莊周)를 일컫는다.

6 학교 : 이 해에 황준량이 상주향교(尙州鄕校)의 교수로 부임하였다.

기쁘게도 하늘이 내게 자장[8]의 유람 빌려주니　尙喜天公借我子長遊

산을 아끼는 마음은 죽 위의 막처럼 짙다네.　　愛山心如粥面濃

삼한에 있는 방장산은 천하에 이름이 알려져　況乃三韓方丈聞天下

영주산·봉래산[9]보다 먼저 일컫는 제일의 산임에랴.　第一位號先瀛蓬

밀랍 칠한 나막신 신고 오르니 흥취 이미 고조되어　蠟屐飛騰興已顚

청사검[10]을 부여잡고 공동산[11]에 의지하려고 하네.　欲仗靑蛇倚崆峒

학사루[12]에 올라서는 시인들의 넋을 위로하였고　學士樓中弔詩魂

　－최고운[13]·김계온[14]·조태허[15] 등이 모두 천령[16]의 수령을 지냈는데, 그들의 시
가 학사루에 걸려 있다. 崔孤雲·金季溫·曹太虛 皆守天嶺 有學士樓

---

7 진공 : 송나라 때 진집중(陳執中)을 말한다. 박주 판관(亳州判官)으로 있을 때 생일을
　맞아 친족이 모두 노인성도(老人星圖)를 올렸는데, 조카 진세수(陳世脩)만「범려유오호
　도(范蠡遊五湖圖)」를 올렸다. 진공이 이를 매우 기뻐하여 그날로 부절을 반납하고 고향
　으로 돌아갔으며, 이듬해 치사(致仕)하였다. 여기서는 벼슬을 버리고 떠난 대표적 인물을
　상징한다.

8 자장(子長) :『사기(史記)』의 저자 사마천(司馬遷)의 자(字)이다. 사마천은 20세 때부터
　천하의 명산대천을 두루 유람하였다.

9 영주산(瀛洲山)·봉래산(蓬萊山) : 중국 동쪽 바다에 있다는 전설 속의 산으로, 방장산(方
　丈山)과 함께 삼신산(三神山)으로 일컬어진다.

10 청사검(靑蛇劍) : 중국의 신선 여동빈(呂洞賓)이 가지고 다닌다는 칼의 이름이다.

11 공동산(崆峒山) : 중국 하남성에 있는 신선이 사는 산이다.

12 학사루(學士樓) : 현 경상남도 함양군 함양읍 운림리에 있는 누각으로, 학사는 최치원
　(崔致遠)을 가리킨다. 최치원이 함양태수로 있을 때 창건하여 자주 올라 시를 읊었으므
　로 붙여진 이름이라 전해진다.

13 최고운(崔孤雲) : 최치원을 말하며, 고운은 그의 호이다.

14 김계온(金季溫) : 김종직(金宗直)을 말하며, 계온은 그의 자(字)이다.

15 조태허(曺太虛) : 조위(曺偉)를 말하며, 태허는 그의 자이다.

16 천령(天嶺) : 현 경상남도 함양의 옛 이름이다.

엄천¹⁷의 길에서는 지팡이 걸머지고 걸었다네.	嚴川路上橫孤笻
온화한 바람 청명한 날씨 내 산행을 위로하고	暖風晴日慰我欲山行
숲속에 난 길이 눈에 보이고 꽃은 불타는 듯.	夾路照眼花如烘
거대한 절벽은 귀신같은 솜씨로 깎아낸 듯	巨壁斷神斧
우뚝 솟은 벼랑은 푸른 일산 펼쳐놓은 듯.	嵌崖張翠屏
놀란 파도와 성난 물결이	驚波怒濤
두 바위틈으로 세차게 쏟아져 흐르네.	倒瀉雙石谾
구름 사이로 난 옛길은 가을 새털처럼 가늘고	雲間古逕細秋毫
험하기가 톱날¹⁸ 같고 형체가 뾰족뾰족하네.	險如鋸齒形摓摓
용유담¹⁹이 문득 눈앞에 드러났는데	龍遊一潭忽躍出
누가 조각했나, 매우 정교하게 다듬었네.	極巧雕鏤誰所攻
구불구불 바위는 돌고래가 누워 있는 듯	逶迤暴石鯨
거꾸로 선 돌은 옥으로 만든 용이 누운 듯.	顛倒臥玉龍
똬리를 튼 신령 모습이 선명하게 보이고	蜿蜒神迹見分明
천 길 벼랑의 바위틈엔 철쭉이 피어있네.	更有千層躑躅粧石縫
술통 같은 바위 구덩이엔 뉘 와서 마실지	白樽散落孰來飮
만랑²⁰은 천년 뒤까지 발자취를 남겼구나.	漫郞千載留遺蹤

---

17 엄천(嚴川) : 현 경상남도 함양군 마천면에서 산청군 휴천면으로 흐르는 지리산 북쪽의 시내 이름이다.

18 톱날 : 원문의 '거(鉅)' 자는 '거(鋸)' 자의 잘못이다.

19 용유담(龍遊潭) : 현 경상남도 함양군 마천면 엄천에 있는 소(沼)의 이름이다. 조선시대 때 기우제를 지내던 곳으로 유명하다. 지금도 용유담(龍游潭)이라는 각자가 전한다.

산 입구에서 하루 저녁 산그늘을 밟으니	山門一夕踏翠陰
찬 물방울 뿌려대 갖옷이 쭈글쭈글하구나.	寒溜飛灑裘蒙戎
백두산은 남쪽으로 달려 긴 산맥을 나눴고	白頭南走分遠脉
마천[21]은 동쪽으로 뒤집히듯 세차게 흐르네.	馬川東下翻驚潨
매우 아름다운 빛이 저물녘 산에 드리우고	十分佳色暮山來
산골 새는 봄 수풀에서 마음껏 지저귀네.	幽禽得意啼春叢
산 중턱의 암자는 돌무더기 틈에 지었고	祇林半峯亂石扶結構
연기 피어나는 곳에서 저녁종이 울리네.	靑烟起處鳴晚鐘
눈썹이 긴 승려가 가사를 걸치고 나와서	厖眉苾蒭荷稻田
맞이하여 내실로 들게 하고 주렴을 걷네.	迎坐上方褰珠櫳
향기로운 청정[22]으로 밥 지어 배불리 먹고	飽飯靑精香
흐르는 맑은 물에 상쾌하게 입을 헹궜네.	寒漱淸川淙
돌다리를 겨우 찾아 험한 시내 건너가니	荒尋石磴度亂溪
가는 곳마다 청산이 용모를 새로 꾸민 듯.	在在靑山如改容

---

20 만랑(漫郎) : 중국 당나라 때 문신 원결(元結)의 호이다. 안진경(顏眞卿)의 「용주도독 겸
어사중승 본관경략사 원군표 묘비명(容州都督兼御史中丞本管經略使元君表墓碑銘)」에
"원결은 양수(瀼水) 가에 살면서 스스로를 '낭사(浪士)'라 일컫고 「낭설(浪說)」 7편을 지
었다. 뒤에 낭관(郎官)이 되자, 당시 사람들이 '낭자(浪者)도 부질없이[漫] 벼슬을 하는
가?'라고 비꼬아 '만랑(漫郎)'이라 불렀다고 한다."라고 하였다. 여기서는 세상사에 얽매
이지 않고 물외의 산수를 찾아 즐긴 사람을 가리킨다.

21 마천(馬川) : 현 경상남도 함양군 마천면을 흐르는 시내 이름이다.

22 청정(靑精) : 약초 이름으로, '남촉(南燭)'이라고도 한다. 『신선전(神仙傳)』에 의하면, 줄
기와 잎을 찧어 즙을 짜고 그 즙에다 쌀을 담갔다가 쪄서 말리기를 아홉 번 한 다음 그
쌀로 밥을 지으면 신선이 먹는다고 한다.

구름 뚫고 쏟아지는 폭포로 웅덩이 깊숙하고	懸瀑穿雲幽竇深
옥구슬 내뿜는 듯 청동을 갈아낸 듯하다네.	或噴瓊瑰或磨靑銅
가파른 언덕 굽이진 시냇가엔 봄빛이 저물고	崩崖曲澗春色晚
붉고 푸른 꽃은 옅고도 짙은 빛깔을 다투네.	靑紅正好鬪纖穠
천태²³를 넘으니 돌다리가 구름 속에 보이고	天台已度石橋雲
영원²⁴에 문득 떠가니 복사꽃이 붉기만 하네.	靈源忽泛桃花紅
새로 난 송라와 칡넝쿨을 몇 번이나 잡았던가	弱蘿纖葛手幾援
수없이 돌고 돌며 구불한 길을 걷고 걸었네.	千盤百折橫還縱
높다란 나뭇잎이 해를 가려 어두워지려 하고	高林蔽葉日欲陰
늙은 나무 늘어서 있어 같은 건가 의심했네.	老樹騈立根疑同
길목의 맑은 시냇물은 내 목마름을 아는 듯	淸流當道知我渴
길가의 너럭바위는 내 피로함을 미리 안 듯.	盤石在前知我憊
동편 바위 오래된 이끼 손으로 헤쳐 보니	東邊一片巖手拭千年苔
날려 쓴 글씨가 갈 까마귀 떼 모인 듯하네.	鴉棲亂墨毫生鋒
삭은 나뭇가지 절벽에 걸려 가는 길을 막고	枯槎掛壁礙前頭
물가에 빙 둘러 난 풀은 파릇함을 다투네.	瑤草環滋爭葱蘢
대낮에도 사람 놀래고 달아나는 날다람쥐	白日驚人走鼬鼠

---

23 천태(天台) : 다음 구절의 영원(靈源)과 대(對)를 맞추기 위해 쓴 말로, 하늘 높이 솟은 대(臺)를 말한다. 여기서는 '높은 고개'라는 의미이다.
24 영원 : '신령스런 근원의 물'이라는 말로, 여기서는 '속세와 단절된 무릉도원처럼 은자가 사는 곳'을 가리킨다.

건너 숲의 잔나비 울음소리에 귀 기울이네.　　　　　隔林側耳聞猿狖

구덩이와 골짜기 건너 저여원²⁵을 지나는데　　　　馳坑跨谷歷沮洳

몇 리 대나무 밭에 푸른 단풍나무 섞여 있네.　　　　數里蒼竹間以靑楓

등에 땀나도록 가쁜 숨을 몰아쉬며 나아가니　　　背汗喘息困佝㥄

문득 놀랍게도 눈앞에 큰 봉우리가 막아섰네.　　　忽驚面上生巃嵸

주렁주렁 맛난 과실 숲 속 가득 달렸을 텐데　　　離離佳實滿林垂

새소리도 들리지 않으니 내 귀가 먹은 건지.　　　鳴鳥未聞疑我聾

산간 백성들 허기 면하려 과실을 다 따 먹었나　　丘民濟飢食之旣

남은 거라곤 아침 햇살 받은 오동나무 열매뿐.　　遲爾一下朝陽桐

- 대나무 열매가 숲에 가득할 텐데 굶주린 백성들이 따 먹었고, 열매가 달린 나무는 모두 시들어 있었다. 竹實滿林 飢民採食 有實者 皆枯

높은 곳은 어디에나 반이 띠풀로 덮여 있고　　　　高原處處半間茅

매 잡으려 설치한 틀은 쑥대를 엮어놓은 듯.　　　伺鷹設械如編蓬

매 때문에 백성들 괴롭히니 어질지 않다마는　　　禽荒毒民彼不仁

하늘 높이 나는 매가 왜 그물에 걸려드는지.　　　凌霄逸翮胡罹罿

소라·조개 껍질 바위에 붙어 있어 이상한데　　　怪底螺蚌附巖腹

그 옛날 큰 홍수 때 밀려왔다고 말들 하네.　　　人言曾被洪流溚

날랜 사슴과 멧돼지가 무리 지어 돌아다니니　　麏麚鹿豕行作友

추우의 교화²⁶가 다섯 암돼지에게 미쳤구나.　　騶虞化已覃五豵

---

25 저여원(沮洳原) : 지금의 지리산 세석평전을 일컫는다.

26 추우(騶虞)의 교화 : 추우는 검은 문채의 백호처럼 생긴 짐승으로, 풀을 밟지 않고 짐승을

산당으로 난 길이 놀랍게도 너무나 가팔라서	徑到山堂卻訝極崢嶸
고개 들어 바라보니 겹겹의 봉우리가 끝없네.	仰視不盡靑重重
벼랑에 걸린 신기루는 그 형세가 우뚝우뚝하고	崖懸山市勢立立
솔바람 소리는 옛 음악처럼 은은하게 들려오네.	松鳴古樂聲融融
천 길 아래로 돌을 굴리면 높은 산이 흔들리고	轉石千仞雲根動
고갯마루에서 들려오는 난새 울음소리 힘차네.	吐嘯半嶺鸞吟雄
여기 오르니 노나라 작게 여기던 그 마음[27]이라	登玆亦有小魯心
아래 보니 민가가 풀 더미처럼 옹기종기 모였네.	下視積蘇塵離離
온 산 자욱한 노을을 보니 저녁 기운이 차갑고	正見晚靄漫山夕陰寒
자줏빛·비취빛 온갖 형상들은 어둠을 다투네.	紫翠萬狀爭溟濛
용면거사[28]의 묘한 솜씨로도 그려내기 어려워	也知龍眠亦難畫
정신 잃고 붓을 던져 근심에 잠기고 말 테지.	迷神擲筆愁忡忡
몇 칸의 새 절간은 누구 손으로 지었을려나	新齋數楹刱誰手
재물 내어 부처에게 비는 몽매함이 애처롭네.	捨財乞靈哀愚蒙

죽이지 않는 인수(仁獸)를 상징한다. 주(周)나라 문왕(文王)의 덕이 모든 생명체에 두루 미쳐 추우가 나타났다고 한다. 『시경(詩經)』 소남(召南) 「추우」에 "저 무성한 갈대밭에서 사냥꾼이 다섯 암퇘지를 단번에 쏘아 잡으니, 아 참으로 추우로다."라고 하였다. 본래 문왕의 교화를 말하였는데, 여기서는 당대 임금의 어진 교화를 일컫는다.

27 노나라……마음 : 『맹자(孟子)』 「진심 상(盡心上)」에 "공자(孔子)가 동산(東山)에 올라 노나라를 작게 여기셨다"라는 말이 있다. 여기서는 '높은 곳에 오르면 시야가 넓어져 세상을 작게 여기는 마음이 든다'는 뜻이다.

28 용면거사(龍眠居士) : 중국 송나라 때 화가 이공린(李公麟)의 호이다. 그는 특히 단청(丹青)을 잘 그렸다고 한다.

금화대[29] 주변에서 남은 힘을 다 써버려서 金華臺邊殫餘力
고개 들고 석문을 바라보니 걱정이 앞서네. 上窺石門憂心忡
한걸음씩 바위를 부여잡고 정상에 이르니 躋攀尺寸到上頭
삼신산의 제일봉에 비로소 올라 왔구나. 始得三山第一峯
때는 초여름이나 상봉은 여전히 매우 추워 時當首夏亦凄緊
쌀쌀한 기후는 마치 한겨울과도 같도다. 氣候蕭索如深冬
꽃망울은 터지지 않아 봄을 깊이 감추었고 花心未動裹春深
나무는 구부정하고 가지도 자라지 못했네. 樹木拳曲枝皆童
봄 햇살 닿지 않아 태고적 눈이 덮여 있고 陽和不到太古雪
밤낮으로 부는 흙바람 충만한 원기 덮었네. 嵐霾晝夜藏冲瀜
오래된 세 칸 사당 비바람도 피하지 못해 三間古廟不避風雨籔
주인 없이 판자로 무너진 담장 둘러놓았네. 板扉無主繚壞墉
모호한 석상 몸에 흠집이 여기저기 나 있고 糢糊石軀帶瘢痕
발자국 인기척에 기뻐서 얼굴을 펴는 듯하네. 開眉如喜來人跫
누가 왼쪽 갈비에서 흉한 새끼를 낳게 했나[30] 誰敎左脇産凶雛
알을 삼켜 상나라 시조 낳은 유융에게 부끄럽네.[31] 吞卵開商慙有娀

---

29 금화대(金華臺) : 제석봉에서 천왕봉으로 오르는 석문 앞의 봉우리를 가리키는 듯하다.
30 누가……했나 : 석가모니는 어미의 왼쪽 갈비에서 태어났다고 한다. 여기서는 '누가 석가
　　모니를 태어나게 하여 이 세상에 이단과 사설(邪說)을 퍼뜨리게 했는가?'라는 말이다.
31 알을……부끄럽네 : 유융국(有娀國) 왕의 딸 간적(簡狄)이 제비 알을 삼키고 아들 설(契)
　　을 낳았는데, 이 사람이 상(商)나라의 시조가 되었다고 한다. 여기서는 난생(卵生)으로
　　태어난 설은 훌륭한 인물이 되었는데, 부처의 가르침은 인륜을 무시하는 것이므로 그보

서역의 요사한 신이 어찌 예까지 멀리 왔는지	西域妖神豈遠到
근거 없는 괴이한 말[32]에 몽롱하기만 하도다.	無稽怪語還朦朧
어찌하여 신명인 듯 영험하다고 여기고서는	爭將靈驗擬神明
불 밝히고 술 따르며 그토록 치성을 올리는지.	明燈灌酒能致恭
부뚜막귀신에게 아첨 않고[33] 기도한 지 오래인데[34]	無心媚竈禱已久
어찌 귀신에게 의지하여 길흉을 알려고 하겠는가.	肯向幽冥推吉凶
조금 뒤에 소나기가 하얀 빗줄기를 흩뿌리자	須臾急雨散銀竹
찌푸린 날씨 한꺼번에 사라지고 활짝 개였네.	一掃積陰開昏薈
이곳은 미세한 먼지와 티끌도 침범하지 못하여	纖埃點塵自不干
마치 학의 날개를 타고 허공으로 오른 듯하네.	如跨鶴羽翔層空

다 못하다고 비판한 것이다.

32 근거……말 : 천왕봉 위에 있던 성모가 석가모니의 어머니 마야부인이라는 설이 있었으므로 이처럼 말하였다.

33 부뚜막귀신에게……않고 : 『논어(論語)』 「팔일(八佾)」에 의하면, 위(衛)나라 대부 왕손가(王孫賈)가 자기 나라의 임금을 만나러 온 공자에게 실권자인 자기를 만나는 것이 더 낫다는 의미로 말하기를 "방안 구석의 신에게 아첨을 하느니 차라리 부뚜막귀신에게 아첨하는 편이 낫소."라고 하자, 공자가 말하기를 "그렇지 않소. 하늘에 죄를 지으면 빌 곳이 없소."라고 하였다.

34 기도한……오래인데 : 『논어』 「술이(述而)」에, 공자의 병이 위중해지자 자로(子路)가 신에게 기도하기를 요청하였는데, 공자가 말씀하기를 "그런 예가 있더냐?"라고 하여, 자로가 "그런 사례가 있습니다. 어떤 사람의 뇌문(誄文)에 '너를 천지의 신에게 빈다'는 말이 있습니다."라고 했다. 그러자 공자가 말씀하기를 "내가 하늘에 기도한 지 이미 오래되었다."라고 하였다. 공자는 평소 신을 공경하여 자신의 언행에 흠이 없이 살았기 때문에 특별히 기도할 것이 없다는 의미로 말하였다. 여기서는 신에게 의지하지 않고 자신의 마음을 수양하여 주체적으로 당당하게 살아가는 유학의 가르침을 말한다.

유람하는 사람 위로하는 하늘의 뜻을 알겠지만　　固知天意勞遠遊
정직함이 하늘을 감동시켰다고 어찌 말하리오.　　豈謂正直能感通
온 세상의 강산이 하나하나 그 모습 드러내는데　萬界湖山一一露眞狀
다소곳이 머리 조아리고 모두 와서 조회하는 듯.　濊濊湊首咸來宗
푸른 옥과 같은 죽순이 다투어 솟아나 있는 듯　　爭抽碧玉筍
푸르른 연꽃을 여기저기 많이도 꽂아 놓은 듯.　　亂揷靑芙蓉
허공에 떠 있는 먼 산봉우리들 있는 듯 없는 듯　浮空遠岫有無間
파도 위 점점이 뿌려진 외로운 섬들 까마득하네.　點波孤嶼蒼茫中
고개를 든 늙은 용이 목말라서 물을 마시려는 듯　昂頭老虬渴欲飮
빼어난 긴 칼을 막 갈아내어 섬광이 번쩍이는 듯.　拔地長劍光如礱
날개 펴고 너울너울 춤추는 봉황새 같기도 하고　翩然舒翼舞鳳凰
갈기를 흔들며 우는 날랜 녹이마[35]인 듯도 하네.　逸似振鬣嘶騄駬
서쪽으로 소백산을 바라보니 흰 구름이 떠가고　西瞻小白白雲飛
북쪽 화악산[36] 바라보니 상서로운 운기가 붉네.　北望華岳祥烟彤
산에 기대 늘어선 성곽 점점이 검은 사마귀인 듯　列城依山點黑痣
숲을 휘감은 물줄기는 무지개가 옆으로 걸린 듯.　衆水縈林橫蝀蝀
눈 안에 들어오는 천지 좁은 것이 오히려 싫은데　入眼乾坤尙嫌隘
한 잔 밖에 안 되는 저 바다를 누가 넓다고 했나.　一杯滄海誰云洪

---

35 녹이마(騄駬馬) : 주(周)나라 목왕(穆王)이 타고 다녔다는 준마의 하나이다.
36 화악산(華岳山) : 현 서울의 삼각산을 일컫는다.

크고 작은 온갖 것들 남김없이 다 보고 나니　　　　　紛綸巨細覽無餘

벌집인가 개미집인가 좀처럼 큰 것이 없구나.　　　　蜂窠蟻垤難爲崇

여기저기 치솟은 산들 저마다 이름이 있지만　　　　區區峭嶽各自名

뇌봉³⁷처럼 나지막하여 큰 제·초나라에 작은 패·용나라인 듯.³⁸

　　　　　　　　　　　　　　雷峯眇然如齊楚之於邶鄘

반야봉만은 높고 푸르러 하늘에 닿은 듯하니　　　只有般若峯高翠磨空

뭇 봉우리 고개 떨구고 높이를 다투지 못하네.　　　讓頭不敢爭比隆

천왕봉은 높고 높아 노인성³⁹을 끌어당기고　　　　　高攀老人星

아래로는 구름 속을 나는 기러기 볼 수 있네.　　　　　下瞰雲飛鴻

가슴속은 운몽택 여덟아홉 개를 삼켜도 작을 듯⁴⁰　　吞胸小八九夢澤

내뿜는 기운은 만 길 맑은 무지개처럼 서렸네.　　　嘘氣蟠萬丈晴虹

부상⁴¹이 지척이라 날아오를 수는 있을 듯　　　　　扶桑咫尺可飛到

---

37 뇌봉(雷峯) : 중국 절강성 항주(杭州) 서호(西湖) 가에 있는 봉우리로, 서호십경(西湖十景) 중 뇌봉석조(雷峯夕照)가 들어 있다.

38 큰……듯 : 주나라 때 패(邶)·용(鄘)나라는 작은 제후국이었고, 제(齊)·초(楚)나라는 큰 제후국이었다. 여기서는 작은 산들을 패·용나라에 비유하고, 천왕봉을 제·초나라에 비유하여 비교가 되지 않음을 상대적으로 드러내었다.

39 노인성(老人星) : 노인의 수명을 주관하는 별이다. 남극성(南極星)이라고도 하는데, 춘분과 추분에 남쪽 하늘 중앙에 잠깐 나타났다가 사라진다.

40 가슴속은……듯 : 한(漢)나라 때 사마상여(司馬相如)의 「상림부(上林賦)」에 '사방 9백 리의 운몽택(雲夢澤)을 여덟아홉 개나 삼켜도 가슴속에 조금의 장애도 느끼지 못한다'고 한 데서 연유한 말로, '흉금이 무한히 큰 것'을 말한다. 운몽택은 초(楚)나라에 있는 큰 호수의 이름이다.

41 부상(扶桑) : 중국 전설 속의 나무 이름으로, 해가 뜨는 동쪽을 가리킨다.

긴 강엔 봄기운이 피어나 하늘로 오르는 듯.　　　　　　長江若爲春醅釃

아득한 티끌세상 구덩이 속 벌레라 비웃으며　　　　　悠悠塵世笑壤蟲

호연한 기상으로 곧장 하늘에 오르고자 하네.　　　　浩氣直欲參玄穹

표연히 달을 뗀 뗏목 타고 풍백42을 거느려서　　　　飄乎乘月槎而御風伯

아득히 번개를 지휘하여 풍륭43을 몰고 가노라.　　　曠然麾列缺而驅豐隆

선녀는 구름 갓을 쓰고 노을 잔에 술을 따르고　　　　仙娥冠雲酌霞觴

자진44은 허공을 걸으며 난공45을 연주하네.　　　　　子晉步虛吹鸞箜

나에게 읍을 하고 나를 신선이라 일컬으며　　　　　　揖我謂我仙

태미성46에 가서 천제에게 조회하라 하네.　　　　　　令騎太微朝天翁

나를 삼청궁47의 수도 백옥 자리에 앉히고　　　　　　坐余淸都白玉筵

금쟁반에 가득한 배와 벽도48 번갈아 주네.　　　　　交梨碧桃金盤充

은빛 붓으로 벽운편49을 써서 보여주고는　　　　　　銀毫寫就碧雲篇

싱싱한 기화요초 꺾어다가 내게 건네주네.　　　　　折寄琪花葉蒨葱

---

42 풍백(風伯) : 바람을 부리는 신을 일컫는다.

43 풍륭(豊隆) : 천둥과 번개를 관장하는 신이다.

44 자진(子晉) : 중국 주(周)나라의 왕자로 신선이 된 왕자교(王子喬)를 말한다.

45 난공(鸞箜) : 난새 모양의 현악기 공후(箜篌)를 말한다.

46 태미성(太微星) : 천제가 사는 궁궐을 의미하는 별이다.

47 삼청궁(三淸宮) : 도교의 신이 산다는 궁전을 말한다.

48 벽도(碧桃) : 중국 전설 속 서왕모(西王母)가 한 무제(漢武帝)에게 주었다는 선도(仙桃)를
일컫는다.

49 벽운편(碧雲篇) : 『강문통집(江文通集)』 「휴상인원별시(休上人怨別詩)」에 "저물녘엔 푸
른 구름도 합하는데, 내 님은 전혀 오시지 않네.[日暮碧雲合 佳人殊未來]"라는 말이 있는
데, 이를 '벽운편'이라 한다. 그리운 님과 서로 만나는 것을 말한다.

좋은 만남 끝나기 전에 날이 밝아 깨어나	良晤未爛金烏翥
돌이켜 보니 신선 만남이 기이한 인연일세.	追思邂逅成奇逢
한밤중 정신이 맑아져 깊이 성찰에 드는데	中夜魂淸發深省
가물거리는 촛불이 등잔에서 비추고 있네.	靑熒殘燭懸金釭
바람과 구름이 몰아쳐 요란스레 뒤흔들고	風雲戰摶響砉欻
서리 내린 한기가 두꺼운 옷으로 파고드네.	寒氣挾霜侵衣襛
일어나 사방을 바라보니 모두가 바다일세	起看六合一瀛海
푸른 연기 흰 운무 온통 자욱하게 덮였네.	靑烟白霧渾夢夢
온갖 형상 조짐 없이 한 덩어리로 엉켜서	萬形無朕蘊冲漠
한 기운도 열리지 않아 어둑어둑하구나.	一氣未闢成盲矇
점점 붉은 빛이 일렁이는 바다를 물들이니	漸見紅光盪射海宇翻
양곡[50]이 밝아지려 먼저 환해지는 것이리.	暘谷欲明先曈曨
태극이 처음 나뉠 땐 크게 질박하고 온전했고	雞子初分大樸全
삼황[51]이 처음 나올 때도 오히려 우둔했었네.	三皇首出猶倥侗
태양이 허공에 솟아올라 귀신을 놀라게 하고	金輪湧空驚魍魎
맑은 햇살 음기를 몰아 비단보를 흩날리는 듯.	淸旭驅陰散錦幪
문채와 밝은 빛이 찬란하게 정중앙에 위치하니	文明赫赫正當中
구만 리를 밝게 비춰 천제의 이목 열어놓았네.	昭揭九萬開天聽

---

50 양곡(暘谷) : 해가 뜨는 곳을 일컫는다.

51 삼황(三皇) : 중국 신화시대(神話時代) 임금 복희씨(伏羲氏)·헌원씨(軒轅氏)·신농씨(神農氏)를 말한다.

희화가 해를 맞이하고 전송하는⁵² 노래 나오고　　　　　　羲和賓餞歌出作
요순 임금 시대 백성들은 태평스럽게 살았다네.　　　　　　唐虞民物登熙雍
상봉에서 일출을 보고서 천체 움직임을 살피니　　　　　　聊憑日觀覘天步
이를 통해 한 근원의 시종을 징험할 수 있었네.　　推此可驗一元之始終
가소롭다, 땅에서 서캐나 이처럼 기생하는 신하들　　　可笑下土蟣蝨臣
딴 맘으로 두 손 잡고 해바라기 같은 충성 바치네.　　　有懷捧手傾葵荄
근래 본 것 중 이 광경이 가장 기이하고 절묘하여　　　蓄眼年來最奇絶
술을 마시고 완전히 취한 듯 마음이 황홀하구나.　　　心醉怳若酣醇醨
시상이 호방하니 어찌하면 이백⁵³의 솜씨 부려　　　　詩豪安得李謫仙
삼라만상 모습을 다 그려내 시원스레 읊어볼까.　　　驅使物象吟颼颼
바람결에 시를 읊으려도 졸렬한 솜씨 걱정이고　　　臨風欲賦愁大巫
한미하고 파리한 행색은 가을 귀뚜라미와 같네.　　　態存寒瘦如秋蛩
문득 서풍 불어와 서둘러 낙성대⁵⁴를 찾았는데　　忽有西風駕腋訪落星
승려가 대숲 너머 기운 해에 절구질하고 있네.　　　竹外斜暉時下舂
오래되어 승려는 몇 없고 탑은 반쯤 쓰러졌는데　　　僧殘寺古塔半摧
낙숫물 떨어지는 빈 섬돌엔 용 나무가 드리웠네.　　　溜雨空階陰翠榕

---

52 희화(羲和)가……전송하는 : 『서경(書經)』 「요전(堯典)」에 의하면, 요 임금이 희씨(羲氏)·화씨(和氏)를 천문관으로 삼아 일월성신(日月星辰)을 관측하게 하였고, 또 희중(羲仲)에게 명하여 동쪽 끝 해가 뜨는 곳인 양곡(暘谷)에 살면서 떠오르는 해를 공경히 맞이하여 농사를 짓는 절기를 맞추게 하였다고 한다.
53 이백(李白) : 원문의 '적선(謫仙)'은 이백을 일컫는 말이다.
54 낙성대(落星臺) : 내용상으로는 향적사(香積寺)로 추정되나, 자세치 않다.

붉은 노을은 신선이 사는 적성[55] 땅의 표시인데	紫霞應是赤城標
하늘 끝까지 온통 물들어 봉화를 지핀 듯하구나.	爛熳天際疑張烽
나무 끝을 뚫고 오다가 몸을 반쯤 빼기도 하고	行穿木末半出身
두 바위 붙잡고 오르며 여러 번 노비를 불렀네.	扶登雙石煩呼僮
서남쪽 여러 봉우리 여기서 한눈에 들어오는데	西南衆峯此來會
봄철 강에 비가 내려 물고기가 물 마시는 듯.	宛然春江得雨魚喁喁
담요로 싸매고 줄에 매달려 몇 리를 내려왔고	裹氈縋下又數里
기어서도 나아가지 못해 마음이 몹시 두려웠네.	膝行不前心忪忪
선인장처럼 솟구친 대가 겹겹이 허공에 솟았는데	臺擎仙掌入重霄
산처럼 솟구치는 시인의 어깨 구종산[56]보다 높네.	山聳詩肩凌九嵏
이곳은 예로부터 신이하고 기이함을 간직한 곳	此間從古畜神怪
신령한 시내와 옥 같은 샘물이 넘쳐서 흐르네.	靈溪玉泉流溶溶
제관이 와서 여러 차례 제사 지냈다 들었는데	曾聞中使屢行香
지금까지 미혹되어 믿는 어리석은 자가 많다네.	至今信惑多愚憃
늙은 승려는 나에게 옥띠를 풀고 쉬어가라 하고	老僧要我留玉帶
젊은 중은 내게 유숙하고 조반을 들고 가라 하네.	少僧勸我加朝饔
천 길의 가섭대[57]가 햇빛에 그림자를 드리웠는데	千尋迦葉日邊影

---

55 적성(赤城) : 중국 전설 속 신선이 사는 곳을 가리킨다.
56 구종산(九嵏山) : 중국 섬서성 예천현(醴泉縣)에 있는 아홉 봉우리로 된 산이다.
57 가섭대(迦葉臺) : 세석산장 뒤 영신봉 아래에 영신사(靈神寺)가 있었고, 그 근처에 가섭대라는 절벽이 있다. 갓을 쓴 듯한 모습을 하고 있어 붙여진 이름이다.

흉악한 섬 오랑캐들의 칼날에 상처를 입었구나.　　刃斫亦被島夷兇
백성들이 왜적에게 당한 피해 말할 것도 없지만　　民生血肉不堪說
바위와 나무도 어찌 흉악한 적의 칼날 만났던가.　　石木胡然逢鞠訽
하늘이 성스러운 임금[58] 내어 시대를 구하게 하자　　天生聖祖爲濟時
고름 짜내듯 한 번 지휘하여 말끔히 소탕하였네.　　一揮蕩滌如決癱
푸른 숲에 옥처럼 생긴 산봉우리가 청학동이겠지　　靑林玉岑認鶴洞
밤에 바람 이슬 경계하는 학 울음소리 들려오네.　　夜警風露聲嗭嗭
고상한 사람은 어느 곳 소나무 그늘에 누웠나?　　高人底處臥松陰
자지가(紫芝歌)[59] 소리 끝나자 봄빛이 짙어지네.　　歌斷紫芝春芄芄
응진[60]처럼 노을 먹고 날아다닌 신선이 있겠지　　應有湌霞飛步如應眞
귤에 숨어 바둑 두던 파공 사람[61]도 있을 테고.　　藏橘覆棋如巴邛
신선들은 예로부터 티끌세상을 멀리 피하는 법　　仙曹自古遠塵囂
길 잃은 세상 사람들 어디로 가야 할지 알겠네.　　世人迷路知何從
만 겹 붉은 언덕, 높이 솟은 나무만 보일 뿐　　但見丹崖萬疊樹參天
나무꾼들 생계가 막막해 마구 도끼질 해대네.　　樵丁無計戕斧斨

---

58 성스러운 임금 : 조선 태조 이성계(李成桂)를 가리킨다. 이성계는 고려 말 남쪽 지방에
　　침입한 왜구를 무찔러 큰 공적을 세웠는데, 특히 전라도 운봉 황산에서 대첩을 거두었다.
59 자지가(紫芝歌) : 진 시황(秦始皇)의 폭정을 피해 상산(商山)에 숨어 살았던 상산사호(商
　　山四皓)가 불렀다고 전해지는 노래이다. 신선들의 노래를 말한다.
60 응진(應眞) : 석장(錫杖)을 날려 허공을 날아다녔다고 하는 아라한을 말한다.
61 귤에……사람 : 파공(巴邛)은 중국 사천성에 있는 지명이다. 이곳에 사는 사람이 어느
　　날 귤을 따서 쪼개 보니, 그 속에 세 노인이 바둑을 두고 있었다고 한다.

비바람에 부식된 바위엔 각자가 반쯤 희미한데   風磨石刻半微茫

 -'쌍계석문'이라는 네 글자가 크게 쓰여 있는데, 최고운이 쓴 것이다. 有雙溪石門四

 大字 孤雲所書

소나무를 휘감은 푸른 칡넝쿨 축 늘어졌네.   松纏翠絡垂鬖鬆

몇 리 되는 좋은 밭은 손바닥처럼 평평한데   良田數里掌樣平

낮은 곳은 벼를 심고 높은 곳엔 밭벼 심었네. 濕可秔稻高宜穉種

최고운을 불러서 요사이 소식 묻고 싶지마는 欲喚孤雲訪消息

선유를 하며 신령한 자취 어디쯤 날고 있는지. 仙遊何許飛靈踪

화망에서 몸을 빼내 화려한 글 솜씨 떨쳤기에 抽身禍網振華藻

맑고 아름다운 그 명망을 후인들이 흠모하네. 風聲沒世欽清丰

천 년의 세월에 빼어난 한 사람 한 녹사[62]는 千秋一人韓錄事

굴레에 얽매이지 않은 말처럼 재빨리 벗어났네. 快如駃馬不受絡頭絨

 -고려시대 한유한이 벼슬을 버리고 가족을 이끌고서 이곳으로 들어와 일생을 마쳤

 다. 최충헌의 화를 피하려고 여러 차례 조정에서 불렀지만 나아가지 않았다. 高麗韓

 惟漢棄官 携家入此終焉 以避崔忠獻之禍 累徵不見

늙은 역적의 조정에서 정승에게 절하기보다는 老賊門前拜卿相

홀로 세상 바깥에서 처자식과 함께 지냈다네. 獨擧物外妻孥共

땅을 피한 방덕공[63]이 소명에 어찌 나아가리 飛書誰起避地龐

---

62 한 녹사(韓錄事) : 고려시대 대비원 녹사(大悲院錄事) 벼슬을 지낸 한유한(韓惟漢)을 가
 리킨다.

63 방덕공(龐德公) : 중국 후한(後漢) 말의 인물로, 유표(劉表)가 예를 갖추어 불렀으나 나아
 가지 않고 녹문산에 은거하였다.

문을 닫고 벼슬자리 사절한 공승[64]과 같았네.　　　閉戶還如推印糞
골짝에 사람 없어 개울물만 부질없이 흐르고　　　丘壑無人水空咽
남은 무너진 담장엔 쑥과 천궁만 무성하구나.　　　唯餘壞垣荒蔄芎
많은 절이 경치 좋은 곳을 차지하고 있지만　　　多少珠林各占勝
옛길은 다니는 이 없어 이슬에 흠뻑 젖었네.　　　古道無媒零露瀼
크고 작은 단청 건물 오래된 건지 아닌 건지　　　參差畫棟古非古
들고나는 바위틈의 문은 닫힌 건지 열린 건지.　　　出沒巖扃封不封
아, 신령스런 경계가 산과 바다에 휩싸였는데　　　嗟哉靈境阻山海
시 지으려 골몰해도 생각만 흉중에서 요동치네.　　　每費吟魂思盪胸
내 지금 하찮은 재주로 신선세계에 들어왔으나　　今將寸珠投此玉京裏
다시는 지난날의 무식한 시골뜨기가 아니로세.　　　非復向時吳下儂
평생 강호에서 자적하려는 그 뜻을 저버렸으니　　　生平謾負湖海志
우 임금의 자취[65] 따라 깊숙한 곳을 찾고 싶네.　　　欲跨禹迹尋幽窮
옷자락 걷고 수사의 근원[66]으로 거슬러 올라가　　　摳衣直泝洙泗源
마음 열고 송대 관민[67]의 풍도를 흠뻑 받으리.　　　開襟洽受關閩風

---

64 공승(龔勝) : 중국 한(漢)나라 때 선정을 베푼 인물인데, 왕망(王莽)이 왕위를 찬탈한 뒤에 부르자 끝내 나아가지 않았다.

65 우(禹)……자취 : 우 임금은 요 임금 시절에 치산치수(治山治水)를 하면서 천하를 샅샅이 누비고 다녔다.

66 수사(洙泗)의 근원 : '수사'는 공자가 살던 노(魯)나라의 수수(洙水)와 사수(泗水)를 말한다. 후세에는 공자의 학문을 뜻하는 말로 쓰인다. '수사의 근원'이란 공자가 제창한 유학을 말한다.

67 관민(關閩) : '관'은 중국 관중(關中) 땅으로 북송 때 학자 장재(張載)의 고향이고, '민'은

오악[68]에 올라 천하의 모든 산을 다 굽어보고 　　　　登臨五岳見衆山

악양루[69]로 가서 기대어 오송 땅[70]을 보았으면. 　　　　徙倚岳陽看吳淞

세상에 태어나면 세상 얽매임 피하기 어려우니 　　　　生世難逃世累牽

기이한 경치 다 보기 전에 돌아갈 마음 급하네. 　　　　探奇未了歸心匆

아, 조물주가 처음으로 이 세상을 열어 만들 때 　　　　噫嘻造物初開張

웅장하고 기이하고 수려한 경치를 어찌 이 산에 다 모았던가.

　　　　　　　　　　　　　　雄奇秀麗胡爲此山兮獨鍾

원기를 거느려 모으고 음양을 관리 통솔하며 　　　　領會元氣經紀兩儀

우뚝 솟아 만고에 그 드높은 위용을 자랑하네. 　　　　屹立萬古誇穹窿

과아[71]와 거령[72]도 터럭 하나 건드릴 수 없으니 　　　　夸娥巨靈不得動一髮

복건성 지역으로 남송 때 주희(朱熹)가 살던 곳이다. 흔히 이 둘을 주돈이(周敦頤)의 고
향 염계(濂溪), 정자(程子)의 고향 낙양(洛陽)과 함께 염락관민(濂洛關閩)이라고 부르며,
송대 대표적인 학자를 일컫는 말로 쓰인다. 여기서는 염락관민을 줄여 말하였다.

68 오악(五岳) : 중국의 다섯 개 대표적인 산이다. 여러 설이 있지만, 흔히 동악(東岳) 태산
(泰山), 서악(西岳) 화산(華山), 남악(南岳) 형산(衡山), 북악(北岳) 항산(恒山), 중악(中
岳) 숭산(嵩山)을 일컫는다.

69 악양루(岳陽樓) : 중국 호남성 동정호(洞庭湖) 가에 있는 강남의 3대 누각 중 하나이다.

70 오송(吳淞) 땅 : 오송은 강물 이름으로, 중국 강소성에서 흘러 양자강으로 들어간다. 여
기서는 오나라 지역을 가리킨다. 두보(杜甫)의 「등악양루(登岳陽樓)」에 "옛날부터 동정
호에 대해 들었는데, 오늘 비로소 악양루에 오르니, 오나라와 초나라가 동쪽 남쪽으로
갈라지고, 하늘과 땅이 밤낮으로 떠 있구나.[昔聞洞庭水 今上岳陽樓 吳楚東南坼 乾坤日
夜浮]"라고 한 말에 근거하여, 여기서는 작자가 강남 지역을 유람해 보고 싶다고 말한
것이다.

71 과아(夸娥) : 중국 고대에 힘이 센 신인(神人)의 이름이다.

72 거령(巨靈) : 중국 화산(華山)을 쪼개 열었던 하신(河神)이다.

조물주가 조화 부려 솜씨 좋게 만들어낸 것이리.　　　　豪縱造化工陶鎔

정기가 모였으니 이 산엔 보물 많이 생산되리니　　　　精聚應多産寶藏

금과 은의 기운 뻗쳐 북두성과 견우성에 닿았네.　　　　金銀氣上牛斗衝

이 산을 중국에 옮겨놓으면 지상에서 우뚝하여　若使移在中華峙土中

그 높이는 화산이나 숭산에게 양보하지 않으리.　　　　峻極不讓華與嵩

나무를 태워 망제 지내며[73] 옥황상제께 제사하고　　　燔柴望秩祀玉皇

금가루 탄 먹물로 옥첩[74]을 써서 신공을 새겼으리.　　泥金檢玉銘神功

태산 오른 공자도, 산을 좋아한 주자와 장남헌[75]도

　　　　　　　　　　又有登岱之宣聖樂山之朱張

난초 길 나란히 걸으며 무성한 풀섶을 헤쳤으리.　　　聯踵蕙路披丰茸

이 산이 동방에 잘못 떨어져 크게 이름나지 않고　　　誤落偏區名未大

단지 해동에 있는 신산[76]이라고만 알려져 왔었네.　　祇說神仙在海東

진 시황이 그 옛날 선약을 구하려고 마음을 써서　　　秦皇昔日銳求仙

---

73 나무를……지내며 : 중국 고대로부터 산천의 신에게 제사를 지낼 적에는 나무를 쌓아놓
고 그 위에 희생・옥백 등을 올려놓은 뒤 불을 피우며 제사를 지냈다. 후대에는 제후의
경내에 있는 산천 신에게 등급에 따라 제사를 지냈다. 망제(望祭)란 산천의 신을 바라보
며 제사지내는 것을 일컫는다.

74 옥첩(玉牒) : 중국 고대에 천자가 봉선(封禪)하거나 교제사(郊祭祀)를 지낼 때 올리는
글을 일컫는다.

75 장남헌(張南軒) : 중국 남송 때 호남성 장사(長沙)에 살던 학자 장식(張栻, 1133-1180)을
말한다. 남헌은 그의 호이다. 주자가 그와 벗하며 학문을 토론하였다.

76 신산(神山) : 삼신산(三神山)을 일컫는 것으로, 본래 봉래산(蓬萊山)・방장산(方丈山)・
영주산(瀛洲山)을 말한다. 지리산을 삼신산의 하나인 방장산이라고도 부른다.

상산⁷⁷까지 왔다가 비바람에 배를 돌렸다고 하지.　　　　湘山風雨回蒙幢
동남⁷⁸은 돌아오지 않고 서불⁷⁹은 도망을 쳤으니　　　　童男不返徐市亡
신령한 산이 속세 사람을 허락하지 않은 것이리.　　　　靈區未許來凡庸
신령함이 다른 산보다 유독 우뚝한 지리산이여　　　　　山乎有靈獨拔萃
왕국 위해서 부지런히 충성을 다 바치려고 하네.　　　　要爲王國勤輸忠
백성에게 혜택주는 공효와 이익은 태산을 본받고　　　　澤民功利效泰嶽
신보⁸⁰ 같은 명신을 낳음은 숭산(嵩山)⁸¹과 같네.　　　　降生申甫齊高崧
제때 비 내리고 날이 개여 천지조화 재앙 없고　　　　　雨暘無災乎愆伏
출중한 인재를 내시어 국가의 재목이 되게 하네.　　　　賢俊爲國之笙鏞
우리나라를 진압하여 오래도록 무너지지 말아서　　　　鎭我靑丘壽不崩
주나라 기풍⁸²처럼 천년토록 아름답게 해주기를.　　　　千秋聯美周岐酆

---

77 상산(湘山) : 중국 동정호(洞庭湖) 속에 있는 군산(君山)의 다른 이름이다. 진 시황이 이
　　산에 와서 제사를 지내려 하였는데 폭풍우가 일자 화가 나서 상산의 나무를 다 베어버리
　　고 돌아갔다고 전한다.

78 동남(童男) : 성교의 경험이 없는 소년을 말한다. 진 시황이 불사약을 구하기 위해 서불(徐
　　市)과 함께 동남과 동녀(童女) 3천 명을 보냈다고 한다.

79 서불(徐市) : 중국 진(秦)나라 때 사람이다. 진 시황이 동해의 삼신산에 불사약이 있다는
　　말을 듣고 그에게 동남동녀 3천 명을 거느리고 가서 구해 오게 하였는데, 떠나간 뒤 소식
　　이 없었다고 전한다.

80 신보(申甫) : 춘추시대 주(周)나라의 명신(名臣)인 신백(申伯)과 중산보(仲山甫)를 말
　　한다.

81 숭산(嵩山) : 중국 오악 중 중악(中嶽)인 숭산(嵩山)을 말한다.

82 기풍(岐酆) : 기는 주나라 태왕(太王)이 도읍지로 삼은 곳인 기산(岐山)이고, 풍은 그의
　　손자 문왕(文王)이 도읍한 풍도(酆都)이다. 모두 주나라 발상지로서의 의미가 있는 곳
　　이다.

묻노니, 이 산은 이 모든 것을 아는지 모르는지　　　爲問山都知否耶

늙지 않고 우뚝 서서 오가는 이 얼마나 보았나.　　屠顏不老幾閱人憧憧

분주히 인용하고 근거하는 건 시인에게 맡기니　　紛紛割據屬詩家

연하를 끌어다 엮어서 시를 지을 재료로 삼네.　　縮結烟霞吟料供

고금을 깊이 생각하니 만겁의 세월이 지났구나　　潛思古今閱萬劫

사물 이치 자세히 추구하니 즐거움도 없어지네.　　細推物理無歡悰

뜬구름처럼 지나는 새처럼 삶의 자취 아득한데　　浮雲過鳥迹杳杳

새벽 종소리 저녁 북소리도 시간을 재촉하네.　　晨鐘暮鼓催鼕鼕

그 속에 일생 있으니 누가 장수하고 요절하랴　　中有一生誰壽夭

자신 태워 불 밝히는 기름 같아 참으로 두렵네.　　膏火自煎良可恫

그 위에 개뼈다귀 모양의 구기자와 사람 모양의 인삼 있고

　　　　　　　　　其上有狗骨之杞人形之蔘

기름이 땅속에 들어가도 썩지 않는 다섯 잎 소나무가 있네.

　　　　　　　　　流膏入地五鬛不朽之長松

약초뿌리 캐고 열매 먹어 늙음을 막을 수 있으니　　採根食實制頹齡

날아서 광한궁[83]에 이르는 것이 어찌 어려우리오.　　何難飛到廣漢宮

이치를 거스르는 구차스런 삶은 편안하지 않으니　　逆理偸生非所安

기숙하는 사람처럼 잠시 머무는 이 인생 어찌하리.　　奈此浮生如寄傭

---

83 광한궁(廣寒宮) : 항아(姮娥)가 산다고 하는 달나라의 궁전이다. 광한궁(廣漢宮)이라고도
한다.

삼불후[84] 중 으뜸인 입덕(立德)은 대인의 일이라 太上立德大人事
그 분의 훌륭한 행실 천고에 다투어 흠모한다네. 景行千古爭顯顯
때를 만나 공신으로 책록되는 것 또한 우연한 일 逢時策勳亦偶爾
초상이 운대[85]에 걸려 제사받는 일 어찌 헤아리랴. 圖形肯數雲臺彤
사물을 완상하는 시인은 원숭이를 조각하는 듯[86] 玩物騷人效刻猱
사람들은 한낮의 벌떼처럼 시끄럽게 떠들어대네. 衆作喧噪多午蜂
서성거리다 세월만 보냈으니 어찌할 수 없구나 徘徊歲晚無奈何
해와 달이 밝고 밝아 우리들 마음을 비추도다. 日月昭昭臨我衷
스스로 헤아리니 가죽과 굴참나무처럼 용렬하고 自分庸材散樗櫟
순무 잎만 뜯는다고 누가 그 뿌리를 아까워하리.[87] 誰憐下體收菲葑
종남산이 벼슬길로 가는 첩경[88]임을 부러워 않고 不羨終南進捷徑

---

84 삼불후(三不朽) : 사람이 이 세상에 태어나 영원히 남길 수 있는 세 가지 가치로운 것으로, 곧 덕을 세우고[立德], 공적을 세우고[立功], 훌륭한 글을 후세에 남기는 것[立言]을 가리 킨다. 『춘추좌씨전(春秋左氏傳)』 양공(襄公) 24년조에 보인다.

85 운대(雲臺) : 중국 한(漢) 명제(明帝) 때 궁전 안에 있던 높은 대로, 공신들의 초상을 그려 서 걸어 놓았다고 한다. 여기서는 공신으로 책훈되어 왕의 묘정(廟庭)에 배향되는 것을 말한다.

86 원숭이를……듯 : 중국 전국시대(戰國時代) 송(宋)나라 사람이 많은 봉록을 얻기 위해 연왕(燕王)에게 가서 가시나무 끝에다 원숭이를 조각하겠다고 청했으나, 연왕이 거짓임 을 깨닫고 그를 죽였다. 이후 부질없이 심력(心力)을 허비하거나 거짓된 짓을 하는 것을 비유하였다.

87 순무……아까워하리 : 『시경(詩經)』 패풍(邶風) 「곡풍(谷風)」에 "순무를 캐는 것은 뿌리 때문만은 아니다.[采葑采菲 無以下體]"라고 한 말에서 나온 것으로, 뿌리는 좋지 않지만 잎이 쓸모 있기 때문에 채취한다는 의미이다. 이는 재질이 좋은 것을 위주로 취한다는 말로, 자신의 용렬한 재주를 아무도 알아주지 않음을 비유하였다.

위수에서 곰이 아닌 것[89]처럼 되기도 원치 않네.　　　　不願渭陽載匪熊

용천검[90]이 어찌하여 굳이 뇌환[91]을 만나야 하며　　　龍劍何須遇雷煥

타다 남은 오동나무가 굳이 채옹을 만나야 하리.[92]　　爨桐不必逢蔡邕

태항산(太行山)[93]으로 가는 길도 험한 게 아니고　　　行路太行非岌岌

세파는 염예퇴[94]가 떠 있는 곳처럼 흉흉하다네.　　　世濤灩澦浮洶洶

개를 끌다가 멸족당한 이사[95]를 어찌 슬퍼하랴　　　牽犬何嗟赤族斯

낭관으로 늙어버린 풍당[96]을 부질없이 탄식하네.　　潛郎空歎白頭馮

---

88 종남산(終南山)이……첩경 : 종남산은 중국 장안(長安) 남쪽에 있는 산 이름이다. 여기서는 한양의 남산을 가리킨다. 한양에 사는 것이 벼슬길로 나아갈 수 있는 첩경이라는 말이다.

89 위수(渭水)에서……것 : 주나라 문왕이 사냥을 나가기 전 점을 쳤는데 '호랑이도 곰도 아닌 것이 문왕을 도울 것이다.'라는 점괘가 나왔다. 그리고 사냥을 나가 위수 가에서 낚시하고 있던 강태공(姜太公)을 얻었다. '곰 아닌 것'은 강태공의 별칭이 되었고, 이후 훌륭한 인재를 뜻하는 말로 쓰였다.

90 용천검(龍泉劍) : 중국 고대의 명검 이름이다.

91 뇌환(雷煥) : 진(晉)나라 때 사람으로 천문에 능통했는데, 하늘에 뻗친 기운을 보고 용천검을 발견했다고 한다.

92 타다……하리 : 채옹(蔡邕)은 한(漢)나라 말의 학자이다. 그는 불에 타다 남은 오동나무를 구해 천하에서 유명한 거문고인 초미금(焦尾琴)을 만들었다. 자신의 재주를 알아주는 주인을 만난 것을 일컫는다.

93 태항산(太行山) : 중국 북쪽에 있는 산 이름으로, 매우 험하기로 이름이 나 있다.

94 염예퇴(灩澦堆) : 중국 사천성 양자강 중류 구당협(瞿塘峽) 어구에 있는 거대한 바위를 말한다. 이곳은 강물이 사납게 소용돌이치며 흘러 배가 강을 건너기 매우 위험한 곳이다.

95 개를……이사(李斯) : 이사는 진(秦)나라 승상으로, 간신 조고(趙高)에게 모함을 당해 멸족 위기에 처하자 아들에게 말하기를 "고향에서 개를 끌고 사냥을 다니려 해도 그렇게 할 수가 없구나."라며 탄식하였다고 한다.

96 낭관……풍당(馮唐) : 풍당은 한나라 때 문신이다. 재능이 있었으나 발탁되지 못하고 하급 관리인 낭관으로 있다가 늙어 죽었다.

황무지 서너 이랑 개간하여 한 골짜기 차지하니　　　開荒數畝專一壑
산봉우리 둘러 있고 옥구슬 같은 냇물 앞에 있네.　　圍螺髻兮臨琤琮
봄이 되면 나물을 뜯어다가 음식을 만들어 먹고　　乘春挑荣當列鼎
낫을 들고 약초를 캐어 쇠한 몸을 보양하리라.　　携鑱劚藥扶衰癃
차를 달이던 육우[97]처럼 깊은 산에서 찻잎 따고　　茶烹陸羽破白雲
코끼리 코 같은 연뿌리 캐며 푸른 통을 기울이네.　荷折象鼻傾碧篃
원량은 바람 부는 창가에서 오동 무현금을 탔고[98]　元亮風窓撫短桐
낙천은 취해서 쓴 시를 시통에 담아 전달했네.[99]　樂天醉筆傳詩筒
화복은 오직 새옹의 말[100]처럼 운수에 맡겨두고　禍福唯任塞翁馬
얻고 잃음은 모두 초나라 사람 활[101]처럼 맡기네.　得亡都付楚人弓

---

97 육우(陸羽) : 당(唐)나라 때 사람으로, 차(茶)에 조예가 깊어 『다경(茶經)』을 저술하였다.

98 원량(元亮)은……탔고 : 원량은 진(晉)나라 때 시인 도잠(陶潛)의 자이다. 그는 흥이 나면 오동나무로 만든 줄 없는 작은 거문고를 어루만지며 연주했다고 한다. 여기서는 도잠처럼 은거하여 거문고를 타고 지내겠다는 말이다.

99 낙천(樂天)은……전달했네 : 낙천은 당나라 때 시인 백거이(白居易)의 자이다. 항주(杭州)에 있을 때 절강성의 두 도독과 서로 시를 주고받았는데, 시통에 담아 왕래하였다고 한다. 여기서는 백거이처럼 시나 지으며 자락(自樂)하겠다는 말이다.

100 새옹(塞翁)의 말 : 옛날 중국 국경 지방에 사는 어떤 노인이 말을 잃어버렸다. 마을 사람들이 위로하자, 그 노인은 "복이 될지 어찌 알겠소"라고 말했는데, 그 뒤 그 말이 다른 말을 한 마리 더 데리고 돌아왔다. 마을 사람들이 축하하자, 그 노인은 "이것이 화가 될지 어찌 알겠소"라고 했다. 그 뒤 그의 아들이 말을 타다가 다리를 부러뜨렸다. 마을 사람들이 위로하자, 그 노인은 "이것이 복이 될지 어찌 알겠소"라고 했다. 그 뒤 전쟁이 나자 다른 집의 아들은 전쟁터에 나아가 전사했는데, 그 노인의 아들만은 전쟁터에 나아가지 않아 무사했다고 한다.

101 초나라……활 : 옛날 초 공왕(楚恭王)이 밖에 나갔다가 활을 잃어버리자, 신하들이 찾겠다고 하였다. 왕이 "그만두어라. 초나라 사람이 잃은 것이니, 초나라 사람이 주어 가겠지."

생명을 죽이는 건 하찮은 벌레도 경계해야 하고 　　戕生可戒食蓼蟲
낚시 미끼 탐내는 가물치처럼 되지 말아야 하리. 　　懸鉤庶免貪餌魟
한림원 학사 초빙하는 금마문은 어디에 있는가 　　銀臺金馬在何許
구름 낀 관문 돌 사립문이 영롱하게 열려 있네. 　　雲關石扉開玲瓏
이 몸은 이미 영욕 세계에서 훌쩍 벗어났으니 　　將身已超榮辱境
세상 가득한 헛된 걱정으로 어찌 서로 싸우리. 　　滿世虛愁誰內訌
한가하고 고요하여 즐거움이 저절로 넉넉한데 　　神閒意靜樂自饒
천명을 믿고 편안하니 마음이 더욱 풍요롭구나. 　　信天安命心愈豐
몸은 속세에 있으나 마음은 이 세상 벗어났나니 　　身處人寰心出世
왕자교와 적송자[102]가 대낮에 승천한들 어찌 부러우리.

　　　　　　　　　　　　　　　　何羨喬松白日雲天冲

라고 했다. 공자가 그 말을 듣고서 "애석하도다! 그의 그릇이 크지 못함이여. '사람이 잃어
버렸으니 사람이 주워 가겠지'라고 하지 않고, 하필 '초나라 사람'이라고 하였단 말인가."
라고 하였다고 한다. 여기서는 운명에 따라 살며 득실에 연연하지 않겠다는 말이다.

102 왕자교(王子喬)와 적송자(赤松子) : 두 사람 모두 중국 고대의 신선이다.

출전:『금계집(錦溪集)』권1,「유두류산기행편(遊頭流山紀行篇)」

일시: 1545년 4월

동행: 유자옥(兪子玉)・법행상인(法行上人) 등 8-9명

일정: 함양 - 학사루(學士樓) - 엄천(嚴川) - 용유담(龍遊潭) - 군자사(君子寺) - 백무
동 계곡 - 촛대봉 - 삼신봉 - 연하봉 - 제석봉 - 금화대(金華臺) - 통천문(通天門)
- 천왕봉 - 낙성대(落星臺) - 세석(細石) - 영신사(靈神寺) - 백무동 계곡 - 함양

관련 작품: 기행연작시「방장산유록(方丈山遊錄)」

참고 자료:『선인들의 지리산 기행시 1』(보고사, 2015)

저자: 황준량(黃俊良, 1517-1563)

자는 중거(仲擧), 호는 금계(錦溪), 본관은 평해(平海)이다. 퇴계(退溪) 이황(李滉,
1501-1570)의 문인이다. 21세 때 생원시에 합격하였고, 24세 때 문과에 급제하여 성
균관 학유(成均館學諭)를 거쳐 성주 훈도(星州訓導)가 되었다. 1542년 다시 성균관
학유가 되었다가, 1545년 상주 교수(尙州敎授)로 나아갔으니, 대개 교육기관에서 근
무하였음을 알 수 있다. 1545년 4월 파직된 뒤 고향으로 내려갔다가, 곧장 함양으로
가서 유자옥 등과 함께 지리산을 유람하였다. 이때「유두류산기행편」외에도 12제15
수의 연작시「방장산유록(方丈山遊錄)」을 지었다.

1548년 공조 좌랑에 이어 호조 좌랑으로 전직되어 춘추관 기사관을 겸했으며,『중종
실록』・『인종실록』편찬에도 참여하였다. 35세인 1551년 승문원 검교가 되었으나,
언관의 모함이 있자 외직을 자청해 신녕 현감(新寧縣監)으로 부임했다. 당시 전임
현감의 부채를 해결하고 부채문권(負債文券)을 태워버렸으며, 교육 진흥에 힘써 문
묘(文廟)를 수축하고 백학서원(白鶴書院)을 창설하는 등 많은 치적을 남겼다.

41세 때인 1557년에는 단양 군수로, 44세(1560)에는 성주 목사(星州牧使)에 부임하는
등 주로 외직으로 나가 지방의 학문 진작을 위해 공헌하였다. 저술로『금계집』이
있다.

뭇 봉우리가 백두에서 달려오다가
한 맥이 바닷가에 우뚝하게 그쳤도다

유몽인의 유두류산백운

뭇 봉우리가 백두에서 달려오다가
한 맥이 바닷가에 우뚝하게 그쳤도다

유몽인柳夢寅의 유두류산백운遊頭流山百韻

○ 두류산을 유람하고 쓴 백운의 시 遊頭流山百韻

닫힘 없는 태허는 천지 기운을 온화하게 하니	太虛無閡煦氤氳
만물은 모두 이 두 기운이 만들어내는 것이네.	品物咸由二氣甄
녹으면 냇물 되어 흐르니 터서 인도하는 것 아니요	融作川流非決導
맺히면 산악 되어 우뚝하니 누가 빚어 놓은 것이랴.	結成山嶽孰陶勻
하늘에 우뚝 솟은 다섯 명산¹ 세상에 빼어나고	穹隆五有寰中秀
아득히 바다 너머 세 명산²에는 신선이 산다네.	縹緲三稱海外神

---

1 다섯 명산 : 중국의 다섯 개 명산인 오대산(五大山)을 가리킨다. 여러 설이 있으나, 일반적
　으로는 태산(泰山)·화산(華山)·항산(恒山)·형산(衡山)·숭산(崇山)을 일컫는다.
2 세 명산 : 전설 속에 신선이 산다는 세 개의 산인 삼신산(三神山), 곧 봉래산(蓬萊山)·영
　주산(瀛洲山)·방장산(方丈山)을 가리킨다.

우리나라 두류산은 중원에서 뚝 떨어져 있는데　　　　箕國頭流輿地別
선가에서는 방장산이라 하니 그 이름 참되구나.　　　　仙家方丈號名眞
남쪽에서 우뚝 솟아 요새가 되었다고들 하던데　　　　飫聞南紀雄爲鎭
중원으로 가다 보니 얼마나 오랜 세월 흘렀던가.[3]　　踔達中華隔幾塵
이 산을 오르는 자는 모두 길이 끊길까 꺼리니　　　　之者擧嫌途道絶
아, 헛되게 원숭이 다람쥐와 이웃하다 돌아올 뿐.　　　於乎虛作狖鼯隣
내 남원으로 부임해 아름다운 곳에 오게 됐는데　　　　龍城剖虎來佳境
마침 목동[4]에서 꽃구경을 하는 좋은 시절이라네.　　　木洞看花及令辰
순천부사[5]는 성대한 잔치를 베풀어 대접하였고　　　　天府使君開勝宴
수용암 처사[6]는 화려한 자리를 마련해 주었다네.　　　水巖處士與華靷
말머리를 나란히 좋은 곳을 유람키로 하였으니　　　　齊鑣共赴尋芳約
지팡이 날리며 부처 배우는 사람을 따라 나섰네.　　　飛杖聊隨學佛人
운봉현 길가 쓸쓸한 비전(碑殿)에서 잠시 머물고　　　廢閣乍淹雲縣路
시냇가의 거대한 비석에 가 경건히 절을 올렸네.　　　豐碑虔拜石谿濱

　　－운봉현에 황산대첩비가 있다. 雲峯有荒山大捷碑

---

3 중원으로……흘렀던가 : 중국에 사신을 다녀오느라 지리산을 유람하고 싶어도 그럴 수
　없었다는 말인 듯하다. 유몽인은 지리산을 유람하기 직전인 1609년 명나라에 사신으로
　다녀왔다.
4 목동(木洞) : 현 전라북도 남원시 산동면 목동리를 가리킨다.
5 순천부사(順天府使) : 당시 순천 부사로 있던 유영순(柳永詢, 1552~1630)을 말한다.
6 수용암(水舂巖) 처사 : 수용암은 현 전라북도 남원시 산동면 목동에 있던 지명이다. 이곳에
　살던 처사는 함께 유람한 진사 김화(金澕)이다.

천추에 전할 왕의 발자취 여기서 비롯되었으니　　千秋王跡此皆兆
한 번 싸워 세운 그 큰 공적은 인연이 있는 듯.[7]　　一戰伯功如有因
이곳 지형이 영·호남을 잇는 목구멍과 같으니　　地形咽喉湖與嶠
병가 방략에 의(義)가 인(仁)을 겸한 형국이네.[8]　　兵家方略義兼仁
황산은 참위서의 '황산에서 죽으리'와 합치되니[9]　　黃山讖應荒山死
왕씨가 임금이고 이씨는 신하였을 때 일이라네.　　王氏君爲李氏臣
깃발을 꽂았던 돌구멍[10] 노인들을 탄식케 하고　　石着旗局咨古老
피를 흘렸다는 혈암[11]은 주민들을 놀라게 하네.　　巖流盍液訊居民
쇠함과 융성은 예로부터 시운에 관계된 것이니　　替隆從古關時運
천지가 먼저 간절하고 정성스럽게 일러준다네.　　天地先期告懇諄

---

7 듯 : 원문에서 이 시구의 다섯 번째 글자가 분명치 않다. 우선 '여(如)' 자의 뜻으로 번역해
　둔다.

8 의(義)가……형국 : 오행(五行)에 인의예지(仁義禮智)를 배분하면, 인은 목(木)과 동쪽에
　해당하고, 의는 금(金)과 서쪽에 해당한다. 방위로 볼 때 '의가 인을 겸한 형국'이란 서쪽
　에서 동쪽까지를 겸한 형국이라는 말이다. 남원과 운봉은 지리산권역 서쪽에 위치하면서
　동쪽으로 진입하는 길목에 있다.

9 황산은……합치되니 : 유몽인의 「유두류산록(遊頭流山錄)」에 다음과 같은 언급이 있다.
　"지난 고려 말 왜장 아기발도(阿其拔都)가 많은 병사를 거느리고 영남 지방을 침략하였
　는데, 그가 향하는 곳은 모두 견디지 못하고 무너졌다. 그 나라의 참위서(讖緯書)에 '황산
　에 이르면 패하여 죽는다.'고 하였는데, 산청 땅에 '황산(黃山)'이란 곳이 있어 그 길을
　피해 샛길로 가서 운봉 땅에 들이닥쳤던 것이다."라고 하였다.

10 깃발을……돌구멍 : 고려 말 이성계가 왜장 아기발도를 막기 위해 황산에서 전쟁을 할
　때 깃발을 꽂았던 돌구멍을 말한다. 유몽인의 「유두류산록」에 보인다.

11 피를……혈암 : 임진왜란 직전에 이곳에 있던 바위가 피를 흘렸는데, 샘처럼 솟아났다고
　한다. 이 사실을 조정에 알렸으나, 그에 대한 답이 오기도 전에 왜적이 남쪽 변경을 침범
　하였다. 유몽인의 「유두류산록」에 보인다.

잠시 백장사에 들러 말안장을 풀고 쉬었는데　　　　　暫卸遊鞍休百丈

　　-백장사는 절 이름이다. 寺名

마음껏 감상하려 하나 늦봄 다하여 애석할 뿐.　　　　欲諧心賞惜三春

　　-이 날이 봄이 다 가는 날이었다. 是日春盡

바람 차가운 깊은 골짜기엔 꽃이 갓 피어났고　　　　風凄陰壑花初軟
계절 좋은 양지언덕엔 나뭇잎이 벌써 우거졌네.　　　節晏陽坡葉已蓁
잡힐 듯 푸른 시내는 깨끗한 승려의 옷과 같고　　　挼碧流如僧服淨
불타는 듯 붉은 꽃은 갓 피어난 불등화인 듯.　　　　燃紅花若佛燈新

　　-불등은 꽃 이름이다. 花名

남여꾼들 시리고 저린 다리를 교대해야 했고　　　　籃輿要替酸哀脚
늙고 비대한 몸집은 때때로 넝쿨에 걸렸다네.　　　藤蔓時懸老大身
시내 이름 반암이니 여상(呂尙)[12]이 은거한 곳　　　溪號磻巖疑隱呂
마을 이름 영대이니 진나라를 피한 줄 알겠네.[13]　　村名嬴代認逃秦
맑은 우레 황천의 협곡에서 어지러이 다투니　　　　晴雷亂鬪黃川峽
흰 눈이 흑수[14] 가에 펄펄 내리는 듯하도다.[15]　　　白雪交加黑水垠

---

12 여상(呂尙) : 중국 제(齊)나라의 시조인 강태공(姜太公)을 말한다. 위수(渭水) 가의 반암
　　(磻巖)에 은거하다가 주나라 무왕(武王)을 도와 상나라 주왕(紂王)을 정벌하고 제나라에
　　봉해졌다.
13 영대(嬴代) : 진(秦)나라 왕족의 성씨가 영씨(嬴氏)이니, '영대촌'이란 마을이름은 진나라
　　의 학정을 피해 숨은 사람들이 진나라가 망한 줄도 모르고 살아가는 것을 의미한다.
14 흑수 : 유몽인의 「유두류산록」에 보이는 '흑담(黑潭)'을 가리키는 듯하다.
15 흰……듯하도다 : 이는 가파른 계곡 위에서 물방울이 하얗게 부서져 내리는 것을 형용
　　한 말이다.

걸음걸음 살펴가면서 새로 난 고사리를 뜯고　　　　步步行稽新蕨采
길이길이 붉은 색 난초를 엮어 허리에 둘렀네.　　　纚纚腰重紫蘭紉
남기가 햇빛에 비친 사찰은 한 폭의 그림 같고　　 伽藍如畵嵐光合
비단을 펼쳐 놓은 듯 철쭉이 온 산을 물들였네.　　躑躅成山錦彩均
동네 어귀의 바위는 옥대[16]의 보루처럼 생겼고　　 洞府岩成玉臺壘
가사어[17]에는 갈라진 논바닥 같은 비늘이 있네.　　袈裟魚被稻田鱗
큰 유학자가 자식 가르치던 곳이라 이름났는데　　 宗儒訓子遺名在

－정룡암(頂龍岩)[18]에 판서 노진(盧禛)[19]의 서재가 있다. 頂龍岩有盧判書禛書齋

옛 집엔 사람 없고 아름다운 흔적만 남았구나.　　 故屋無人勝跡陳
물이 다한 골짜기 끝에 이르러 하룻밤을 묵고　　　行到水窮拚寄宿
새벽에 일어나 월락동(月落洞)을 찾아 나섰네.　　前尋月落去凌晨

－월락은 동네 이름이다. 洞名

키가 큰 억새 무더기에 맑은 그늘 서려 있고　　　 崇芒疊翠淸陰聚
뭇 바위가 뒤엉켜 모여 상쾌한 기운 서렸네.　　　 衆石交叢爽氣屯
해를 가린 잣나무숲은 먹줄처럼 늘어서 있고　　　 老栢蔽午繩墨遠

---

16 옥대 : 상제가 사는 곳을 말한다. 여기서는 동네 어귀의 바위가 마치 천상의 세계로 들어
　　가는 입구처럼 생겼다는 뜻이다.
17 가사어(袈裟魚) : 지리산 계곡의 연못에 살던 물고기의 이름이다.
18 정룡암(頂龍岩) : '암(岩)' 자는 '암(菴)' 자의 오자이다. 「유두류산록」에는 '정료암(頂龍
　　菴)'으로 되어 있다.
19 노진(盧禛) : 1518-1578. 자는 자응(子膺), 호는 옥계(玉溪)·칙암(則庵)이며, 본관은 풍천
　　이다. 함양 출신의 학자이다.

사단(社壇)[20]의 송림엔 귀신이 울부짖는 듯.　　　長松依社鬼神嗔

굽이굽이 돌아 올라가 반야봉 앞을 지나고　　　委蛇般若峯前過

허겁지겁 나아가 영원사 경내에 이르렀네.　　　遑邁靈源寺裏臻

화상의 하얀 눈썹 선정에 들어서 안온하고　　　和尚雪眉禪定穩

　－화상의 법명은 선수다. 善修

사미승의 깨끗한 얼굴은 부처를 닮아가는 듯.　　　沙彌氷面佛陀遵

어깨 너머 두 그루 잣나무엔 찬 달이 흔들리고　　　肩生雙栢搖寒月

눈썹에 서린 긴 무지개가 푸른 하늘 꿰뚫었네.　　　毫吐長虹貫碧旻

하나의 공(空) 자 잡고 색상[21]을 초탈하려니　　　要把一空超色相

차라리 오온[22]을 가르치며 수레[23]나 만들지.　　　寧敎五蘊作車輪

책상 위의 불경은 늘그막을 즐기기에 좋고　　　梵經堆案堪娛老

소반 위에 그득한 산나물 손님 대접에 십상.　　　溪蕨盈盤足享賓

발밑에서 구름이 순식간에 뭉게뭉게 피어올라　　　脚下雲容俄冉冉

시내 앞에 이르자 갑자기 후드득 비 내릴 징조.　　　溪前雨意忽津津

굽이돌며 내려오다 푸른 넝쿨 절벽을 만났고　　　低回邐落青蘿壁

비틀거리며 푸른 보리밭두둑을 지나기도 했네.　　　蹭蹬還經翠麥畛

---

20 사단(社壇) : 땅의 귀신에게 제사지내는 단을 가리킨다.

21 색상(色相) : 현실세계를 의미한다.

22 오온(五蘊) : 불교용어로, 일체의 번뇌를 낳게 하는 색(色)·수(受)·상(想)·행(行)·식(識)의 다섯 요소를 말한다.

23 수레 : 오온으로 발생하는 번뇌의 세계를 벗어나는 데 타고 갈 수레를 말한다.

마루 가득 들판의 꽃가루 덮인 누추한 군자사   野粉滿堂君子陋
   -군자사는 절 이름이다. 寺名

미인이 찡그린 듯 난간에 기대고 있는 모란꽃.   牧丹當檻美人嚬
맑은 시내 한 줄기가 길을 따라 흘러내리고   淸流一帶途邊並
가파른 천 개 돌계단이 시내 따라 나 있네.   風磴千盤澗上循
굽이진 계곡의 깊은 강 어찌 노해 포효하나?   谷轉高江何吼怒
   -용유담이다. 龍游潭

깊은 물에 잠겨서 서려 있는 용을 보았네.   泓蟠陰獸看輪囷
깎은 듯한 돌솥 모양 천 길로 까마득하고   刓成石釜千尋黝
물을 댄 듯한 은빛 웅덩이 만 길이나 깊네.   注却銀潢萬軸轕
덩굴 잇고 장대 이어 굴 속 용을 놀래키나   續蔓連竿驚邃竇
희생 잡고 폐백 넣자 밝은 제사 흠향했네.   刲牲沉幣饗明禋
새들이 낙엽 물고 가 맑은 물엔 잔재 없고   鳥啣落葉澄無滓
구름 덮인 첩첩 산중 가물어도 흉년 없네.   雲覆層巒旱不貧
은은한 향기가 길가는 나그네를 따라 왔고   隱隱阿香隨客至
요란한 우뢰는 사람들 자주 놀라게 했네.   闐闐列缺駭人頻
숲을 뚫고 나오느라 꽃잎 이슬에 옷 젖었고   穿林盡濕花間露
길을 잃어 바위 위 대나무를 많이도 꺾었네.   失路多摧石上筠
고개 숙여 용유담의 뿌연 기운 내려다보며   頻視龍游出氛靄
   -용유는 못의 이름이다. 潭名

마적암을 찾아올라 나무숲을 뚫고 갔다네.   窮探馬跡歷叢榛
   -마적은 암자 이름이다. 菴名

추성동의 청정한 경계엔 절의 탑이 보이고   楸城淨界開蓮塔
옹암의 신비한 곳에는 참죽나무 빽빽했네.   甕石神坊簇幹梴
숲에 솟은 탑은 신령스런 호랑이가 지키고   林聳堵波靈虎守

    -'도파'는 인도말로 '탑'이라는 뜻이다. 梵語塔也

샘물 떨어지는 단에 물 마시는 사슴 보이네.   泉懸茶邏飮麋馴

    -'다라'는 인도말로 '단'이라는 뜻이다. 梵語壇也

사자정의 험한 잔도에선 머리털이 쭈뼛쭈뼛   棧危獅頂毛頻竪
청이당의 냉랭한 기운엔 몸이 움츠려드네.   衣冷夷堂體欲皴
머리 들어 천왕봉의 우뚝한 모습 바라보니   擡首王峯看突兀
영랑재를 오를 때 잡아 준 것이 고마울 뿐.   騰身郎峴謝緣夤
천 년을 산 작달막한 나무 바위에 얽혀 있고   千齡短木欹纏石
태초부터 언 견고한 얼음 은빛으로 하얗네.   太始堅氷皓爛銀
푸른 이끼는 덥수룩하게 그물 편 듯 무성하고   苔髮鬖髾靑似罽
자주색 꽃가지는 올망졸망 고생고생 자라난 듯.   花梢癭腫紫難鞿
목심이 텅 비고 말랐으니 어찌 동량이 되랴   空心牛槁寧充棟
저절로 가운데가 썩었으니 누가 땔나무로 쓰리.   自朽中溝孰負薪
밝은 별을 따왔는지 광채가 찬란하기만 하고   摘取明星光燦燦
경초(瓊草) 뜯어 왔나 향기가 은은하기만 하네.   擷來瓊草馥闐闐
신선 같은 차림새로 정상에 올라서서 바라보니   霞裳披拂巍巍頂
높디높은 유건(儒巾)에 북두성이 드리워 있네.   玉斗低垂岌岌巾
봉우리 모두 모여 잔 하나로 삽혈(歃血)²⁴하듯   溟嶽收尊盃一歃
온 세상 한눈에 들어와 두 눈이 휘둥그러지네.   乾坤輸入目雙瞋

박상²⁵은 동쪽에서 그늘져 앉은자리에 어른어른　搏桑東影搖吟榻

약수²⁶는 서쪽으로 흘러가 낚싯줄처럼 가물가물.　弱水西流細釣緡

호랑이가 대문 두드리는 듯한 산중 소리 두렵고　豹闕叩扃聲可厲

두꺼비²⁷ 머리 누른 듯 목을 펴기가 어렵구나.　蟾宮壓首吭難伸

뭇 봉우리가 백두에서부터 멀리멀리 달려오다　衆峯來自白頭遠

그 중 한 지맥이 바닷가에 우뚝하게 그쳤다네.　一脉終窮蒼海漘

한데 엉킨 땅의 정기가 여기서 모두 뭉친 뒤　磅礴坤精於此蓄

종횡으로 뻗어나길 어찌 그리 머뭇거렸는지.　縱橫天步一何迍

동쪽의 천 개 봉우리는 제후인 듯 복종하고　千山東散詣侯服

남쪽의 만 리 능선은 천자가 순행하는 듯.　萬里南馳天子巡

큰 깃발과 높은 깃발은 군대가 사열하는 듯　大纛高牙森隊仗

날고뛰는 참마²⁸ 복마²⁹ 천리마가 나열한 듯.　飛驂舞服列騏駰

조정의 수많은 관리가 품계 따라 정렬한 듯　朝班濟濟千官品

사해의 빛나는 보배들이 조정에 가득한 듯.　庭實煌煌四海珎

구름 모이듯 의관 갖춘 선비들 섞여 번잡한 듯　雲合冠裳相雜沓

---

24 삽혈(歃血) : 맹약할 때 입에 희생의 피를 바르는 것을 말한다.

25 박상(搏桑) : 해가 뜨는 곳을 말한다.

26 약수(弱水) : 중국 고대 신화나 전설 속에서 일컬어지는 건너기 힘든 험한 강물을 말한다.

27 두꺼비 : 달을 일컫는다.

28 참마(驂馬) : 수레를 끄는 복마가 지치면 바꾸어 쓰기 위해 곁에서 함께 달리는 말을 가리
킨다.

29 복마(服馬) : 수레를 끄는 말을 일컫는다.

준마가 내달리자 사람들 뒤따르며 어지러운 듯. 　駿奔賓從互紛繽

금 소반과 옥그릇에 좋은 음식이 널려 있는 듯 　金盤玉豆排嘉饌

구슬 옷에 꽃 비녀 꽂은 미인을 안고 있는 듯. 　珠服花簪擁美嬪

댕기 총각 종종 걸음으로 어른을 공경하는 듯 　丫髻蹌趨欽長老

젊은 아들이 공손히 엄한 부친을 봉양하는 듯. 　弁髦夔栗奉嚴親

옥수 같은 사씨 집안의 자제³⁰인 양 빼어나고 　謝家玉樹諸郞秀

상서로운 기린 같은 서씨 자제³¹처럼 많도다. 　徐氏祥麟衆子梵

산의 귀신이 사람 도와 이 세상을 맑게 했고 　山鬼助人澄宇宙

바람과 안개가 재주 부려 난간처럼 감쌌구나. 　風烟效技繞欄楯

운문산 월출산 위에는 운기가 훤하니 보이고 　雲門月出豁遊氣

　－운문산과 월출산은 모두 산 이름이다. 皆山名

금강과 노량 바다에는 푸른 물결 가로놓였네. 　錦水露津橫碧淪

　－금강과 노량은 모두 물 이름이다. 皆水名

학사³²는 오지 않고 삼동³³만이 예스러운데 　學士不來三洞古

---

30 옥수(玉樹)……자제 : 중국 진(晉)나라 때 사현(謝玄)이 자신의 아들에 대해 "아이들의 뽀얀 피부가 지란(芝蘭)이나 옥수와 같으니, 궁정에서 자라게 하고자 할 따름이다."라고 한 데서 연유한 말로, 사람의 풍채가 옥수처럼 고결한 것을 말한다.

31 상서로운……자제 : 서씨(徐氏)는 송나라 태조 때 서현(徐鉉)을 말한다. 그가 남주(嵐州) 에서 바친 외뿔 짐승을 보고 '상서로운 기린[祥麟]'이라 하였는데, 이후 '상린'은 서현을 상징하는 말처럼 쓰였다. 여기서는 서현의 훌륭한 자제들을 가리킨다.

32 학사(學士) : 신라 말의 최치원(崔致遠)을 말한다.

33 삼동(三洞) : 최치원이 노닐었던 청학동(靑鶴洞)·고운동(孤雲洞)·신흥동(新興洞)을 가 리키는 듯하다.

－학사는 최치원을 가리킨다. 崔致遠

남명은 어디 계시는지, 양당[34]만 남았구나.　　　　　南溟安在兩塘陘

－남명은 조식이다. 曺植

사천에 함선 주둔했던 장군[35] 아련히 생각나고　　遙思泗水屯樓艦

－장군은 동일원이다. 董一元

외로운 충성 바친 장군을 위해 제사 올리려네.　　欲爲孤忠薦渚蘋

－장군은 이순신이다. 李舜臣

그 누가 진주성에서 원통한 피를 흘리게 했나　　誰使晉城寃血濺
근본의 읍이 전장의 무덤 되어 공연히 슬퍼지네.　空悲原邑戰骸㿽
호수와 산 위의 구름은 그저 한가롭기만 한데　　湖山雲物長閑暇
속세의 풍파 일렁이는 물결 고달프고 시리구나.　塵世風波浪苦辛
꽥꽥대는 기러기의 발 같은 산이 울쑥불쑥하고　鴻軒聲高山齾齾
울리는 퉁소처럼 파도소리 철썩철썩 들려오네.　鳳簫吹徹海粼粼
남은 사당[36]은 어느 때 천상 할미를 섬겼던고　　遺祠何代尊天媼
길한 꿈이 그 해에 상서로운 기린 탄생시켰지.[37]　吉夢當年誕瑞麟

---

34 양당(兩塘) : 경상남도 산청군 덕산의 덕천서원 주변에 있는 마을 이름이다.

35 사천(泗川)에……장군 : 명나라 장군 동일원(董一元)이 1598년 왜적을 치기 위해 함선을
　　남해에 정박하고 사천성을 공격했는데, 왜장 의홍(義弘)의 계략에 속아 패하였다.

36 사당 : 천왕봉 옆에 있던 성모사(聖母祠)를 말한다.

37 길한……탄생시켰지 : 고려 태조의 어머니 위숙왕후(威肅王后)가 태조 왕건(王建)을 낳
　　았음을 일컫는다. 천왕봉 옆 성모사에 모신 성모에 대해, 고려 태조의 어머니 위숙왕후라
　　는 설과 석가모니의 어머니 마야부인이라는 설이 있는데, 유몽인은 「유두류산록」에서

동쪽 삼한 통일하여 굽어 살펴 복을 내려주시니　　一統東韓垂眷祜
천년토록 남쪽 지방 그 순수한 정기를 누렸다네.　　千年南國享精純
무당 부르고 노잣돈 허비하는 천박한 세속 풍조　　邀巫傾費流風薄
귀신에게 빌붙어 복을 비는 시끄러운 말세 풍속.　　諂鬼祈祗末俗囂
푸른 바위에 의지한 향적암에서 하룻밤 묵었고　　香積夜眠依翠石
영신암에선 꽃자리에 앉아 밖에서 점심 먹었지.　　靈神風餐藉芳茵
구름 속 보이는 층층 계단 마치 경쇠를 매단 듯　　層壇雲搆懸如磬
하얀 콧수염의 한 승려는 나이조차 알 수 없네.　　一衲霜髭壽似椿
연기가 사그라진 향로엔 묵은 불기운 남아 있고　　寶鴨烟沉餘宿火
티 없이 깨끗한 등나무 불단엔 향기가 배었네.　　藤床塵淨貯香秔
위험해서 길 찾느라 피로하고도 발이 부르텄고　　凌危覓路勞重繭
사물마다 시 짓느라 괴롭게 읊조리며 신음했네.　　觸物構詩費苦呻
학이 둥지 튼 깊은 골짜기 어둑어둑 뚫려 있고　　幽壑鶴盤穿黝黯
원숭이가 매달린 넝쿨이 까마득히 늘어져 있네.　　飛莖猿掛下嶙峋
빽빽한 숲은 장막 편 듯 삼광[38]을 가려 어둡고　　繁林布幕三光晦
단청 누각은 나는 듯 다섯 색깔이 어우러졌네.　　畫閣翔翬五彩彬
적막한 대낮에는 삼화수[39]에 새소리 고요하고　　畫靜三花藏語鳥
부산한 아침엔 염불소리에 놀란 사슴 달아나네.　　朝喧千偈竄驚麕

마야부인이라는 설을 언급하지 않고 위숙왕후라는 설만 언급하였다.
38 삼광(三光) : 해·달·별의 빛을 말한다.
39 삼화수(三花樹) : 불교에서 일컫는 보리수(菩提樹)를 말한다.

신선 같은 발걸음은 천천히 홍류동으로 내려갔고　　　　　仙蹤細向紅流訪

　-홍류동은 시내 이름이다. 澗名

산중고사 떠올리며 부지런히 만월대로 찾아갔네.　　　　　故事勤從滿月詢

　-만월대는 바위 이름이다. 巖名

우뚝한 여공대[40]엔 푸른 이끼 부질없이 나 있고　　　　　臺峙呂公空碧蘚

깊디깊은 기담 가에는 붉은 입술 기생이 없구나.[41]　　　潭深妓〇失丹唇

정교한 문자로 새긴 비문[42]은 도장을 찍은 듯도　　　　　工文刊記碑堪印

큰 글자 바위에 새겼으니[43] 돌이 얇지 않아서라.　　　　巨字鐫厓石不磷

청학이 둥지를 남겼건만 사람들 알아보지 못하고　　　　　靑鶴遺棲人莫見

향로봉에서 흐르는 폭포[44]는 세상에 비할 게 없네.　　　香爐飛瀑世無倫

여와[45]는 한 개의 돌도 제대로 끼우지 못했으니　　　　　女媧不補一團石

---

40 여공대(呂公臺) : 여공은 상나라 말의 강태공, 즉 여상(呂尙)을 가리킨다. 여공대는 여상이 낚시하던 대라는 뜻의 이름으로, 쌍계사 입구에서 신흥사 사이에 있던 시냇가의 바위이다.

41 깊디깊은……없구나 : 이 시구의 네 번째 글자는 결자(缺字)인데, 위 구절과 대조해 보면 '녀(女)' 자가 들어갈 듯하다. 기담(妓潭)은 지금의 의신마을 아래쪽 홍류동에 있던 못이다. 이름이 기담인데 '기녀는 없다'는 뜻이다.

42 비문 : 하동 쌍계사 마당에 있는 진감선사대공탑비문(眞鑑禪師大功塔碑文)을 말한다. 최치원이 글을 짓고 글씨를 쓴 것이다.

43 큰……새겼으니 : 쌍계사 입구의 바위에 새긴 '쌍계(雙磎)'와 '석문(石門)' 네 글자를 말한다. 이 역시 최치원의 글씨라고 전한다.

44 폭포 : 쌍계사 뒤편에 있는 불일폭포를 말한다.

45 여와(女媧) : 중국 복희씨(伏羲氏)의 여동생이다. 공공씨(共工氏)가 축융(祝融)과 전쟁을 하여 패하자 진노하여 머리로 부주산(不周山)을 들이받았는데, 산이 무너지며 하늘을 떠받치고 있던 기둥이 부러졌다. 이에 여와가 오채석(五彩石)을 다듬어 하늘을 떠받쳤다고

천제가 천 척이나 되는 저 띠를 드리운 것이리.	天帝應垂千尺紳
빛나는 햇빛에 붉은 연하가 이리저리 떠다니고	耀日紅烟紛漠漠
허공에선 옥 같은 물방울 영롱하게 쏟아 내리네.	浮空玉屑散璘璘
숙연한 마음에 신령한 물방울 공중에서 마시니	深心靈液空中嚥
큰 조화의 힘으로 아이를 뱃속에 잉태하는[46] 듯.	元化嬰孩腹裏脹
산 기운에 정신이 맑아 신록으로 바뀐 줄 알겠고	山氣洗骸知綠換
봄빛이 얼굴 가득 단심이 변치 않음을 알겠네.	春光盎面覺丹均
속진으로 갈 길 있으니 구름과 물을 속였구나[47]	紅塵有路欺雲水
주묵[48]이 사람을 재촉해 공무로 달려가게 하네.	朱墨催人趁卯申
공손한 노인들이 길을 막고 다투어 위로하고	祗老遮途爭勞勞
관아의 말은 계곡으로 들어와서 늘어서 있네.	官驄入谷巳駪駪
관아의 종들 내 헤진 짚신 보고 어찌 웃는지	衙僮爭笑茫鞋眅
산길에 도복이 누더기 되는 것을 어찌 막으리.	山徑那禁道服鶉
화개동에서 수레 세우고 옛 철인을 회상하고	花洞傍車懷古哲

한다. 여기서는 돌을 잘 다룬 여와도 불일폭포에 손을 쓸 수 없을 정도로 완벽하다는 뜻이다.

46 잉태하는 : 원문의 '신(脤)' 자는 '제육(祭肉)'이라는 의미이다. 여기서는 '신(娠)'의 뜻으로 번역하였다.

47 속진으로……속였구나 : 산 속에서 구름과 물을 벗하여 살겠다던 약속을 저버리고 세상으로 다시 나아가게 되었음을 말한 것이다.

48 주묵(朱墨) : '붉고 검은 묵'을 가리킨다. 공무를 볼 적에 붉은 먹과 검은 먹으로 이동(異同)을 구별하거나, 지출과 수입을 적어 알아보기 쉽게 하였다. 여기서는 공무를 보러 가야 한다는 뜻이다.

-일두 정여창이 화개동에 은거하였다. 鄭一蠹 居花開

용두정에서 말을 쉬며 내 인척을 방문하였네.　　　　龍亭歇馬問吾姻

-인척 최온이 용두정에 살고 있었다. 姻戚崔蘊 居龍頭亭

슬픈 생각에 흥이 다하여 맑은 눈물 떨구나니　　　悲來興盡垂清淚
산수에 막힌 머나먼 이곳 대궐과 멀기도 하네.　　　水遠山長隔紫宸
붉은 인끈 매고 몇 년이나 임금님을 모셨던가　　　朱紱幾年陪輦轂
옥당에선 고개 돌려 그 말씀을 되새기도 했네.　　　玉堂回首憶絲綸
바람과 구름 서린 조령 넘어 대궐에서 멀어져　　　風雲鳥路違雙闕
산과 바다에서 떠돈 지도 오십 일이 되었다네.　　　山海蓬飄負五旬
천리마는 애쓰지 않아도 조부[49]가 부릴 테고　　　騏驥無勞造父御
예장나무[50]는 기다리지 않아도 목수가 베어가리.　　　豫章休待匠人掄
내 문장 써보지도 못했는데 노쇠한 병 침범하니　　　文章未試衰侵病
세속 사람들 중 그 누가 옥과 옥돌을 분간하리.　　　流俗誰分玉與珉
내일 대나무 갓을 쓰고 풀 옷을 걸치고 떠나면　　　明日篁冠掛蘿薜
머리를 조아리며 속세에서 곤궁할 필요 없으리.　　　不須低首困塵闠

---

49 조부(造父) : 중국 주(周)나라 목왕(穆王)의 마부로, 마술에 뛰어났던 인물이다.
50 예장나무 : 좋은 목재로 쓰이는 나무를 대표한다.

출전: 『어우집(於于集)』후집(後集) 권2, 「유두류산백운(遊頭流山百韻)」

일시: 1611년 3월 29일 – 4월 8일

동행: 유영순(柳永詢), 김화(金澕), 신상연(申尙淵), 신제(申濟) 및 종 등

일정: • 3/29일 : 남원부 관아 – 재간당(在澗堂) – 반암(磻巖) – 운봉 황산(荒山) 비전 (碑殿) – 인월(引月) – 백장사(百丈寺)

   • 4/1일 : 백장사 – 황계(黃溪) – 영대촌(嬴代村) – 흑담(黑潭) – 환희령(歡喜嶺) – 내원(內院) – 정룡암(頂龍菴)

   • 4/2일 : 정룡암 – 월락동(月落洞) – 황혼동(黃昏洞) – 와곡(臥谷) – 갈월령(葛 越嶺) – 영원암(靈源菴) – 장정동(長亭洞) – 실덕리 – 군자사(君子寺)

   • 4/3일 : 군자사 – 의탄촌(義呑村) – 원정동(圓正洞) – 용유담 – 마적암(馬跡 庵) – 두류암(頭流菴)

   • 4/4일 : 두류암 – 옹암(甕巖) – 청이당(淸夷堂) – 영랑대(永郎臺) – 소년대 – 천 왕봉 – 향적암(香積菴)

   • 4/5일 : 향적암 – 영신암(靈神菴) – 의신사(義神寺)

   • 4/6일 : 의신사 – 홍류동(紅流洞) – 신흥사 – 만월암(滿月巖) – 여공대(呂公 臺) – 쌍계사(雙磎寺)

   • 4/7일 : 쌍계사 – 불일암 – 화개동 – 섬진강 – 와룡정(臥龍亭) – 남원 남창(南倉)

   • 4/8일 : 남창 – 숙성령(肅星嶺) – 남원부 관아

관련 작품: 유람록 「유두류산록(遊頭流山錄)」, 기행연작시 「두류록(頭流錄)」 2편

참고 자료: 『선인들의 지리산 유람록』(돌베개, 2000), 『선인들의 지리산 기행시 1』 (보고사, 2015)

작자: 유몽인(柳夢寅, 1559–1623)

자가 응문(應文), 호는 어우당(於于堂)·간재(艮齋)·묵호자(默好子)이고, 본관은 고흥(高興)이다. 1559년 11월 한양의 명례방(明禮坊)에서 태어났다. 13세 때 송승희 (宋承禧)·김현성(金玄成)에게 수학하였고, 15세에는 처고모부인 성혼(成渾)과 신

호(申濩)의 문하에 나아가 배웠다. 그리고 서울 근교의 삼각산·청계산 등에서 독서하였다.

24세 때 사마시에 합격하였다. 성균관에 들어가 공부하면서 이정귀(李廷龜)와 교유하였다. 31세 때인 1589년 증광시 문과에 장원급제하였다. 이듬해 예문관 검열이 되고, 강원도 도사로 나아갔다. 그해 강원도 관찰사 구사맹(具思孟)과 금강산을 유람하였다. 이후 사간원 정원 및 홍문관 수찬 등을 역임하고, 질정관으로 중국에 다녀왔다. 1592년 임진왜란이 일어나자, 왕을 호종하여 의주까지 갔다. 이듬해 세자를 배종하여 남쪽 지방을 순시하였다. 1599년 모친상을 당하여 삼년상을 치른 뒤 충청도 연산(連山)에 우거하였다. 1603년 다시 벼슬길에 나아가 동부승지·대사성·도승지 등을 역임하였다.

1611년 남원부사로 부임하여 그해 봄에 지리산을 유람하였다. 이 유람에서 「유두류산백운」 외에도 유람록인 「유두류산록」과 기행연작시 「두류록」 2편 등을 남겼다. 또한 같은 해에 사직하고 순천 조계산에 들어가 우거하였다. 1617년 인목대비 폐비론이 일어났을 때, 수의(收議)에 가담하지 않았다는 이유로 탄핵을 받은 이후 벼슬길에서 물러나 여러 곳을 떠돌며 지냈다. 1623년 인조반정 이후 광해군의 복위 계획에 가담했다는 무고로 참형을 당하였다.

저술로 야담을 집성한 『어우야담(於于野談)』과 시문집인 『어우집』이 있다.

팔만 개의 신비한 봉우리가
이 산에서 멈추었네

양경우의 제부백묵호유상공두류록

팔만 개의 신비한
봉우리가 이 산에서 멈추었네

양경우梁慶遇의 제부백묵호유상공두류록題府伯默好柳相公頭流錄

○ 남원부사(南原府使) 묵호자(默好子) 유 상공(柳相公)[1]의 두류록(頭
流錄)[2]에 쓰다. 장편율시 40운 題府伯默好柳相公頭流錄 長律四十韻

백두산에서 산맥이 반도 남쪽으로 뻗어 내려 와	白頭山脈流南紀
팔만 개의 신비한 봉우리가 이 산에서 멈추었네.	八萬神峯此地停
조물주가 재주를 다 받친 줄 바야흐로 알겠으니	方覺化工彈技力
끝내 그 기세로 국토의 남쪽을 진압하게 했다네.	終敎氣勢鎭坤溟
중생들은 끝까지 고생하며 오르는 이가 드무니	衆生罕得窮顚踵

---

1 유 상공(柳相公) : 유몽인(柳夢寅, 1559~1623)을 말한다. 그의 호가 어우(於于) · 묵호자(默
好子)이다.
2 두류록(頭流錄) : 유몽인의 『어우집』 권3에 보이는 「유두류산백운(遊頭流山百韻)」을 가리
킨다.

그들은 양쪽 겨드랑이에 신선 날개가 없기 때문.　　　　兩腋其如乏羽翮
듣자하니 우리 원님이 공무에서 잠시 몸을 빼내　　　　聞說我侯抽簿領
좋은 벗들을 초청해 함께 교외로 떠났다고 하네.　　　邀將仙侶出郊垌
등나무 지팡이에 밀랍 칠한 신발 신고 유람하여　　　藤筇蠟屐隨行李
쇠 피리에 옥 거문고 들고 종자들이 따라갔다지.　　　鐵笛瑤琴付從伶
말을 채찍질하며 고생스레 산 넘고 물을 건너니　　　策馬肯辭勞跋涉
시내를 따라 영롱한 물소리에 점점 기뻐했으리.　　　沿流漸喜聽瓏玲
여산을 직접 본들 어찌 그 흥취를 금했으리오³　　　廬山見面那禁興
형산이 구름을 거두니 신령이 있는 줄 알겠네.⁴　　　衡岳開雲認有靈
옥동⁵은 진경 찾아 학의 날개를 잡아당겨 탔고　　　玉洞尋眞攀羽駕
금경⁶은 불법을 묻기 위해 선방을 찾아갔었지.　　　金經問法扣禪局
깊숙한 시골 마을 복색은 속인의 그것과 다르고　　　深村巾服人殊制
무너진 절 가시덤불 속에 불상이 깨져서 뒹구네.　　　廢寺莉榛佛壞形

---

3 여산(廬山)을……금했으리오 : 이는 소식(蘇軾)이 여산을 유람하며 지은 「제서림벽(題西
林壁)」을 두고 한 말인 듯하다. 그 시에 "옆으로 보면 산줄기이고 곁에서 보면 봉우리인데,
원근과 고저에 따라 각각 다르구나. 내 여산의 진면목을 알지 못하는 건, 단지 이 몸이
이 산속에 있기 때문이라.[橫看成嶺側成峰 遠近高低各不同 不識廬山眞面目 只緣身在此
山中]"라고 하였다.

4 형산(衡山)이……알겠네 : 이는 한유(韓愈)가 형산에 올라 산신령에게 기도했더니 날씨가
맑아졌다고 한 것을 가리킨다. 한유의 「알형악묘 수숙악사 제문루(謁衡嶽廟 遂宿嶽寺 題
門樓)」에 음기가 서려 있어 마음을 가라앉히고 기도했더니 산신이 감응해 날이 개였다고
하였다.

5 옥동(玉洞) : 어떤 사람의 호인데, 자세치 않다.

6 금경(金經) : 어떤 사람의 호인데, 자세치 않다.

협곡 안 무수한 바위는 땅에 뿌리를 튼튼히 하고　　　　　峽裏叢岩根厚地
세차게 흐르는 강물은 높다란 돌항아리 만들었네.　　　　江間奔浪建高瓴
요란하긴 만 개 북소리인 듯, 나는 건 우박인 듯　　　　喧如萬鼓飛如雹
움푹 팬 건 천 개의 독이요, 우뚝한 건 병풍이라.　　　　窪作千甖矗作屏
다들 교룡이 이 물에서 노닐 것이라 말하였으니　　　　共說蛟龍遊此水
지금도 그때의 뇌성과 비바람이 여운을 띠었으리.　　　　至今雷雨帶餘腥
금빛 고찰[7]에서 처음 수레를 멈추고 묵었는데　　　　金沙古刹初停蓋
눈속에서 솟는 단 샘물 문득 두레박에 가득했네.　　　　雪竇甘泉忽滿絣
하늘은 층층 봉우리에 가까워 겨우 한 자쯤이고　　　　天近層峯僅盈尺
지는 해 바라볼 땐 부평초처럼 작게 보였으리.　　　　眼看頹日小如萍
해지고 어두워 어디가 어딘지 분간할 수 없으니　　　　蒼茫不自分齊魯
청탁을 그 누가 위수와 경수[8]처럼 분변하리오.　　　　清濁誰能辨渭涇
발해의 봉래산 영주산이 위로 백두산을 둘렀고　　　　渤海蓬瀛瞻繚白
가야산 서석산은 아득히 푸른 하늘에 솟구쳤네.　　　　伽倻瑞石杳鑽青
날아가는 붕새 곁에 신기루가 선명하게 보이고　　　　鵬邊蜃闕分明見
학 등에 탄 신선의 퉁소소리 들리는 듯 아닌 듯.　　　　鶴背仙簫斷續聆
향로봉을 향하려는데 길게 드리운 폭포가 보여　　　　欲向香鑪看垂瀑

---

7 고찰 : 현 함양군 마천면에 있었던 군자사(君子寺)를 가리키는 듯하다.

8 위수(渭水)와 경수(涇水) : 중국 황하의 지류로 서안(西安) 근처를 흐르는 강이다. 『시경
(詩經)』 패풍(邶風) 「곡풍(谷風)」에 "경수가 위수 때문에 탁하게 보인다.[涇以渭濁]"라고
하였다. 경수는 탁하고 위수는 맑은데, 경수가 위수와 만나기 전에는 탁한지 잘 모르다가,
위수를 만나면 비로소 탁한 것이 확연히 드러난다는 의미이다.

승려에게 길을 인도하여 남여를 돌리게 하였네.　　仍敎釋子導飛輧
쌍계사는 오래된 고찰이라 연하조차 노성하였고　　雙溪寺古煙霞老
팔영루는 텅 비어 삼라만상이 썰렁해 보였으리.　　八詠樓虛物象冷
최 학사[9]의 유풍은 온 세상을 놀라게 했었다지　　學士風流驚四海
오래된 터에 달 걸린 소나무 천 년이나 되었다네.　　古壇松月近千齡
산은 우(禹) 임금이 뚫은 듯 푸른 절벽 쪼개졌고　　山疑禹鑿蒼崖裂
당나라 때 새긴 비석[10] 푸른 이끼 덮여 있었으리.　　碑刻唐年綠蘚冥
이름 없는 기이한 풀 하도 많아 거론할 수 없고　　異草無名渾莫議
보기 드문 이상한 새는 단지 울음소리만 들릴 뿐.　　奇禽難見只堪聽
말을 돌려 협곡을 나와 강가로 난 길을 따라갈 땐　　歸驂出峽遵江路
남은 흥취에 시상 찾아 물가 정자에 오르셨겠지.　　餘興尋詩上水亭
선계 유람 끝나니 다시 판에 박힌 듯한 일상이라　　仙賞已違舟底劍
이른 아침 관아 조회를 여는 합문 앞 요령 소리.　　早衙還製閤前鈴
속세 인연 끝내지 못해서 티끌이 자리에 덮이고　　俗緣未了塵侵座
맑은 꿈에서 깨고 나면 처마 끝의 달을 보시리라.　　淸夢初回月瞰櫺
명승에서 사흘 자고 떠나던 연민 어찌 없었으리[11]　　勝境豈無三宿戀

---

9 최 학사(崔學士) : 최치원을 말한다.
10 비석 : 최치원이 짓고 쓴 쌍계사의 진감선사대공탑비를 가리킨다.
11 사흘……없었으리 : 맹자가 천 리 길을 멀다 않고 제(齊)나라를 찾았다가 왕과 뜻이 맞지
　　않아 떠날 때, 왕이 다시 부르기를 바라는 마음으로 도성에서 사흘 밤을 자고 주읍(晝邑)
　　으로 떠나갔다. 여기서는 유몽인이 조정을 떠나 외직인 남원부사로 내려올 때의 심경을
　　빗대어 말하였다.

이번 유람은 열흘 동안 변방을 순찰한 일임에랴.　　　茲遊況變一旬冥
좋은 시 천 편은 빼어난 솜씨로 경물을 그려낸 것　　千篇得雋工摸景
백 장의 종이에 쓴 글[12]은 경유한 바를 기술한 것.　　百紙團辭敍所經
글을 보고 놀란 마음 호랑이·봉황 뛰어오르는 듯　　展卷心驚騰虎鳳
붓을 휘두른 것 상상하니 바람과 우레 몰아치는 듯.　揮毫想見走風霆
노동[13]은 뱃속에다 삼천 권의 서책을 쌓아두었고　　盧同腹貯三千卷
이부[14]에선 가슴에 스물여덟 별자리 벌여 있었네.　　吏部胸羅廿八星
곧장 건안[15] 시대를 뛰어넘어 문학을 논하였으니　　直跨建安論麗藻
어찌 후대 사람과 함께 남은 향기 구걸하였으리.　　肯同餘子丐殘馨
코에 파리 날개 붙여놓고 도끼로 베어낸 듯한 솜씨　鼻漫蠅翼斤揮堊
손에 소 잡는 칼을 들고 칼날을 숫돌에 갈아냈으리.　手把牛刀刃發硎
근대의 시인들이 너나할 것 없이 유람을 일삼지만　近代騷人事遊覽
어찌 그 시편을 가지고 공과 빛을 다툴 수 있으리.　敢將篇翰競光燊
명주 같은 그 솜씨는 성읍에만 연관될 뿐 아니니　　明珠不翅連城邑
붉은 깃발을 험준한 정형관[16]에 세워도 괜찮으리.　赤幟宜推豎井陘

---

12 글 : 유몽인의 「유두류산백운」을 말한다.

13 노동(盧同) : 중국 당나라 때 시인으로, 차를 잘 품평하였다.

14 이부(吏部) : 이조(吏曹)를 가리키는데, 여기서는 유몽인이 이조에서 벼슬할 때를 일컫는다.

15 건안(建安) : 중국 후한(後漢) 헌제(獻帝)의 연호로, 196-220년이다. 이 시기에 조조(曹操) 등 삼부자(三父子)와 건안칠자(建安七子)가 나와 문학이 흥성하였다.

16 정형관(井陘關) : 중국 조(趙)나라의 험한 협곡 관문으로, 여기서는 지리산을 말한다.

장대한 유람에 어찌 활달한 마음 있지 않았으리　　　不有壯遊那意豁
기이한 명승 만날 때마다 수심에서 깨어나셨네.　　　每逢奇勝卽愁醒
빙빙 돌고 돌아 홀로 비로봉 정상에 오르셨으니　　　飇輪獨到毗盧頂
옥 부절 붙잡고 상제의 궁정에 세 번 조회했으리.　　玉節三朝上帝庭
파리처럼 분주해도 천리마 타기 어려움을 한하고　　自恨蠅營難附驥
모기 눈썹에 깃들어 사는 벌레 같아 부끄럽다네.　　深慙蚊睫有巢螟
명산에 앉아 다시 유람한다는 약속 저버렸으니　　　名山坐負重尋約
옛날 자취 잠깐 새 십여 년이 훌쩍 지나버렸네.　　　舊迹俄經十載零
젊어서 표표히 세상을 떠나고자 생각하시더니　　　少日飄然思遁世
늘그막에 어찌 괴롭게 얽매여 사는 걸 배우는지.　　暮年何苦學拘囹
지금부터는 옥국[17]에서 진결을 배우며 살려 하니　　從今玉局修眞籙
길이 쇠 화로에 복령[18]을 볶는 일이나 해보려네.　　永擬金爐煮伏苓
천리 너머 아름다운 연하와 명월 생각하시리니　　　千里相思霞月好
편지 한 통 띄워 보내며 정녕하게 말씀드립니다.　　一書靑鳥報丁寧

---

17 옥국(玉局) : 도교의 도관(道觀)인 옥국관(玉局觀)을 말한다.
18 복령(茯苓) : 소나무 뿌리에서 나는 버섯으로, 심신을 편안하게 하여 신선이 되는 약으로
　　알려져 있다.

출전 : 『제호집(霽湖集)』권7, 「제부백묵호유상공두류록 장편40운(題府伯默好柳相公
頭流錄 長律四十韻)」

일시 : 미상

개괄 : 이 작품은 유몽인이 1611년 지리산 유람 때 지은 「유두류산백운」을 두고 읊었
다. 양경우는 이보다 뒤인 1618년 윤4월 15일부터 5월 18일까지 33일 간 지리산
을 유람하고 「역진연해군현 잉입두류 상쌍계신흥기행록(歷盡沿海郡縣 仍入頭
流 賞雙溪神興紀行錄)」을 남겼다. 당시 장성수령으로 있으면서 마침 토포사(討
捕使)로 내려와 있던 현주(玄洲) 조찬한(趙纉韓, 1572-1631) 등과 함께 쌍계
사·불일암 등 하동 청학동 일대를 유람하였다.

저자 : 양경우(梁慶遇, 1568-1629)

자는 자점(子漸), 호는 제호(霽湖)·점역재(點易齋)·요정(蓼丁)·태암(泰巖)이며,
본관은 남원이다. 1592년 부친 양대박(梁大樸)을 따라 아우 양형우(梁亨遇)와 함께
의병을 일으켰으며, 부친의 명으로 고경명(高敬命)의 막하에 나아가 서기가 되었다.
1595년 명군(明軍)의 군량을 위해 격문을 지어 도내에서 곡식을 모집하였는데, 10일
만에 7천여 석을 모아 명나라 장수 양원(楊元)을 탄복시켰다.
1597년 30세 때 참봉으로 별시문과에 급제하여, 죽산(竹山)·연산(連山)의 현감을
거쳐 판관(判官)이 되었다. 1609년 차천로(車天輅) 등과 함께 제술관(製述官)이 되어
의주(義州)에 갔으나 폐단을 일으켰다는 이유로 사헌부의 탄핵을 받았다. 1613년 박
응서(朴應犀)의 고변으로 조희일(趙希逸)·최기남(崔起南)·조찬한(趙纉韓) 등과
함께 조사를 받고 풀려났다. 49세 때인 1616년 중시(重試)에 뽑혀 홍문관 교리(弘文館
校理)를 거쳐 봉상시 첨정(奉常寺僉正)에 이르렀다.
51세 때 남해안의 여러 읍과 두류산을 유람하고 기행문을 썼다. 대비(大妃)의 폐서인
(廢庶人) 문제로 양형우가 항소(抗疏)하여 유배되자, 관직을 버리고 고향으로 돌아와
은거하였다. 이 해 가을, 명나라가 후금(後金)의 침략으로 원군을 요청해 오자 북방
을 위한 공어방략(攻禦方略) 20책을 조목별로 적어 관서지방 병사(兵使)에게 올렸으

나 채용되지 못하였다. 1623년 김류(金瑬)가 반정에 참가할 것을 권유했으나 거절하였다. 저술로 『제호집』과 『제호시화(霽湖詩話)』가 있다.

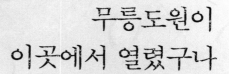

무릉도원이
이곳에서 열렸구나

문홍운의 두류팔선유편

무릉도원이 이곳에서 열렸구나

문홍운文弘運의 두류팔선유편頭流八仙遊篇

부사 소선(浮查少仙)-성여신(成汝信), 옥봉 취선(玉峰醉仙)-정대순(鄭大淳), 봉대 비선(鳳臺飛仙)-강민효(姜敏孝), 능허 보선(凌虛步仙)-박민(朴敏), 동정 적선(洞庭謫仙)-이중훈(李重訓), 죽림 주선(竹林酒仙)-성박(成鑮), 매촌 낭선(梅村浪仙)-문홍운(文弘運), 적벽 시선(赤壁詩仙)-성순(成錞)

때는 바야흐로 병진년 구월이요	赤龍季秋月
스물 하고도 나흘 되는 날이라.	二十有四日
부사 소선이	浮查少仙人
나에게 편지를 보내 말씀하시네.	馳書起余日
"두류산을 꿈에서만 상상했으니	頭流入夢想
진경 찾는 유람 약속 실행하세"	可逐尋眞約
내 원하는 던 바라 따르기로 하고	我願從之遊
등산 신발에다 밀랍 함께 발랐네.	共蠟登山屐

소선의 두 자제 모시고 따르면서	兩胤陪杖屨
훨훨 나는 듯 편안하게 인도했네.	翩翩道安適
검호¹ 가에서는 말을 치달렸고	走馬釰湖頭
사수² 북쪽에선 매사냥 구경했네.	呼鷹泗水北
우사³가 길 먼지에 비를 뿌렸고	雨師灑途塵
저물녘 벗⁴의 집에 이르렀다네.	暮指故人宅
옛 친구는 다름 아닌 보선⁵인데	故人有步仙
반갑게 맞으며 기쁜 표정 지었네.	面動敷腴色
술통을 열어 좋은 술을 마시는데	開樽對綠酒
뜰 안 가득 노란 국화가 피었네.	滿庭老黃菊
국화 따다 하얀 가루 묻혀 찌고는	掇英煮白粉
반찬으로 내오니 향기가 배에 가득.	餐來香滿腹
남쪽의 곤양 가는 길로 내려오다	南下昆山路
문득 봉대⁶ 나그네를 만났다네.	忽逢鳳臺客

---

1 검호(釰湖) : 현 경상남도 진주시 금산면 장사리의 금산못을 가리킨다.
2 사수(泗水) : 공자가 살던 중국 산동성 곡부(曲阜) 남쪽에 있는 강 이름이다. 여기서는 현 경상남도 진주시 금곡면에서 남강으로 흘러드는 지류의 냇물 이름으로 쓰였다. 성여신의 「방장산선유일기(方丈山仙遊日記)」에는 이 냇물을 '이천(伊川)'이라 하였다.
3 우사(雨師) : 비를 담당하는 신의 이름이다.
4 벗 : 성여신의 「방장산선유일기」에 의하면, 현 경상남도 진주시 나동면에 살던 능허(凌虛) 박민(朴敏)을 가리킨다.
5 보선(步仙) : 박민을 가리킨다.
6 봉대(鳳臺) : 함께 유람을 한 강민효(姜敏孝)의 호이다.

웃으며 백옥의 술병을 꺼내어 　　　　　　笑出白玉壺

저 노자작[7]에 술을 따랐다네. 　　　　　　酌彼鸕鶿勺

서풍이 불어와 취흥을 돋우기에 　　　　　　西風引醉興

번갈아 가며 유선곡을 노래했네. 　　　　　　迭唱遊仙曲

길가 저 사람 어디 사는 젊은인가? 　　　　　道左何郡郎

우릴 보고 마음으로 기뻐하였네. 　　　　　　見我心辟易

불러 와 그와 이야기 나누었는데 　　　　　　呼來與之語

그 사람 참 고아하고 질박하였네. 　　　　　其人眞古朴

길을 가고 가며 쉬지도 않았는데 　　　　　　行行猶未已

소나무 숲엔 해가 이미 저물었네. 　　　　　松林日已沒

주인이 누군지 물어보라 했더니 　　　　　　借問主人誰

유지억[8]이 주인이라고 말하네. 　　　　　　云是柳枝億

초당에서 정갈한 술상 마주하니 　　　　　　草堂淨盞盤

산나물과 들녘의 채소가 전부네. 　　　　　山蔬又野蔌

읊조리며 봉계[9]를 지나가는데 　　　　　　吟鞭過鳳溪

역원(驛院)이 산기슭에 위치했네. 　　　　　旅館枕山麓

7　노자작(鸕鶿勺) : 술잔 이름이다. 이백(李白)의 「양양가(襄陽歌)」에 "가마우지 국자와 앵
　　무 술잔이여, 백 년의 삼만육천 날 동안, 하루에 삼백 잔씩 기울이리.[鸕鶿杓鸚鵡杯 百年三
　　萬六千日 一日須傾三百杯]"라고 한 데서 나온 말이다.

8　유지억(柳枝億) : 성여신의 중형(仲兄)인 성여효(成汝孝)의 사위 유경진(柳景禛)의 아들
　　이다.

9　봉계(鳳溪) : 현 경상남도 사천시 곤명면 봉계리를 가리킨다. 이곳에 역원이 있었다.

교외 언덕은 맑은 시내 둘러 있고   郊原繞淸流
푸른 솔에 흰 바위가 많기도 하네.   靑松多白石
머리 돌려서 천왕봉을 바라보니   回首天王峰
저물녘 운무 속에 보일 듯 말듯.   雲烟晩明滅
이미 하동 땅을 지나쳐 왔건만   已過河東地
초저녁 되자 바람이 사나워지네.   薄暮風色惡
저 멀리 황령[10] 고개를 바라보니   遙望黃嶺上
좋은 말 타고 가는 이가 보이네.   有人駿鸞出
그 분이 옥봉 취선[11]임을 알고서   乃知玉峰仙
오랜 약속 지켜 주어 기뻐하였네.   且喜諧宿諾
추위를 무릅쓰고 길을 갈 수 없어   冒寒不可行
급히 길가 주점에서 묵기로 했네.   急投村店宿
오다가 길가에서 만난 강공[12]은   路邊遇姜公
헌칠하니 무리 중 특히 빼어났네.   赳赳百夫特
맞이하여 지극한 정성을 보였으니   逢迎極致誠
맛있는 반찬 산해진미가 가득했네.   香飯羅海陸
아침 되어 맥화동[13]에서 출발하여   朝發麥花洞

---

10 황령(黃嶺) : 현 경상남도 하동군 북천면에서 횡천면으로 넘어가는 황토재를 말한다.

11 옥봉 취선(玉峰醉仙) : 정대순(鄭大淳)을 일컫는다. 옥봉은 그의 호이다.

12 강공(姜公) : 성여신의 「방장산선유일기」에 보이는 강우주(姜遇周)와 강익주(姜翊周) 등
을 가리키는 듯하다.

13 맥화동(麥花洞) : 현 경상남도 하동군 북천면 직전리나 사평리의 마을을 가리킨다.

정오 무렵엔 횡천역에 이르렀네.	午抵橫川驛
천 개 봉우리 병풍처럼 둘러 있고	千峰四圍屏
골짜기엔 옥 같은 시내가 흘렀네.	一溪中注玉
비로소 별천지임을 알게 되었으니	始覺別天地
우리 신선들 처음 본 풍경이로다.	仙人初面目
우현[14]의 돌 길은 길기도 하고	牛峴石路長
섬진강의 조수는 넓기도 하구나.	蟾江潮水闊
계촌에서 하군(河君)[15]을 만나니	桂村得河生
높은 의리에 구름도 낮아 보이네.	高義層雲薄
그의 집에는 백부가 계셨으니	渠家有伯父
젊은 나이에 학술에 밝았다네.	早年明學術

　-백부는 예산군수를 지낸 하응도[16]를 말한다. 남명에게 수학하였고 효성과 우애로 소문났다. 계유년(1573) 진사시에 급제하여 성균관에서 유학하며 명성이 있었다. 음직(蔭職)으로 보임되어 능성과 예산의 수령을 지냈으며, 고을을 다스림에 드러난 치적이 있었다. 伯父謂河禮山應圖 受業于南冥 以孝友聞 中癸酉進士 有名于泮中 補蔭官 守綾城禮山 治有著績

고아한 중망은 유림에서 으뜸이고	雅望擅儒林
배운 것을 몇 고을에서 시험하였네.	絃歌試數邑

---

14 우현(牛峴) : 어느 곳인지 자세치 않다.

15 하군(河君) : 성여신의 「방장산선유일기」에 보이는 하홍의(河弘毅)를 가리키는 듯하다.

16 하응도(河應圖) : 1540-1610. 자는 원룡(元龍), 호는 영무성(寧無成), 본관은 진양이다. 현 경상남도 산청군 신풍(新豊)에 거주하였다.

집안의 명성 계승한 이 어찌 없으리	家聲詎無繼
풍류는 진정 세속을 벗어난 듯했네.	風流信拔俗
맛난 술은 동정호[17]의 봄빛인 듯	美酒洞庭春
총명한 아이는 천하의 이백[18]인 듯.	佳兒天下白
고운[19]이 적선[20]을 보내 주어서	孤雲遣謫仙
멀리 떠난 우리 유람 위로하는 듯.	慰我遠遊躅
이는 다시 없을 아름다운 만남이요	此會更無雙
마루에서 담소하니 여덟 명[21]이라.	一堂話成八
노소의 나이대로 차례차례 앉았는데	少長以序行
평평한 들판 활짝 트여 전망도 좋네.	平原望廖廓
저 호숫가에는 비파도[22]가 있는데	湖上琵琶島
갈대꽃 피어서 가을 정취 스산하네.	蘆荻秋蕭瑟
땅이 외지나 터를 잡고 살 만하며	地僻可卜居

---

17 동정호(洞庭湖) : 현 경상남도 하동군 악양면 들판에 있는 호수를 가리킨다.

18 이백(李白) : 중국 당나라 때 시인이다.

19 고운(孤雲) : 신라시대 최치원(崔致遠)의 호이다.

20 적선(謫仙) : 당나라 때 시인 이백을 가리킨다.

21 여덟 명 : 팔선(八仙) 중 적선(謫仙) 이중훈(李重訓)은 뒤에 합류했으니, 주인과 칠선(七仙)을 합해 말한 듯하다.

22 비파도(琵琶島) : 현 경상남도 하동군 하동읍 비파리에 있던 섬 이름이다. 본래 섬진강 하류에 있는 하중도였으나 농경지 개간으로 육지와 이어졌다. 섬의 생김새가 악기인 비파를 닮아 붙인 이름이라고도 하고, 섬 뒤의 울창한 숲에 여러 날짐승이 살아 비아섬[飛鵝島]이라 한 데서 유래되었다고도 한다.

토양이 기름져 오곡농사 알맞다네.　　　　　　壤沃宜播㵮

유쾌하게 오룡정에 올라서서 보니　　　　　　快登五龍亭

정자 주인은 문단의 으뜸이었다네.　　　　　　亭主騷壇伯

  -정자는 섬진강 가에 있다. 주인 손작의 자는 유경(裕卿)이며, 갑인년(1614) 진사
시에 합격하였다. 그의 조부 손약이 다섯 아들을 두어 오룡정이라 이름하였다. 장
남은 경인(景仁), 차남은 경의(景義)·경례(景禮)·기종(起宗)·경행(景行)인데,
손유경은 손경례의 아들이다. 亭在蟾江 孫綽字裕卿 中甲寅進士 其王父燿生五男 名
此亭 長景仁 次景義景禮起宗景行 裕卿乃景禮之子

모였다가 흩어짐도 운수가 있는 법　　　　　　聚散亦有數

텅 빈 누대엔 푸른 강물만 흐르누나.　　　　　臺空但江碧

정자에 앉아서 석 잔 술을 마시고는　　　　　坐吸三危露

편지를 한 통 써서 전해주라 하였네.　　　　　勒移一書札

상인들은 조각배를 타고서 떠나가고　　　　　商客依孤舟

유람객은 옥피리를 불면서 자적하네.　　　　　遊人吹玉笛

부구공의 오른쪽 소매를 부여잡고서　　　　　浮邱袂右挹

홍애 선생의 왼쪽 어깨를 치는 듯.[23]　　　　洪崖肩左拍

말고삐를 나란히 악양으로 향하는데　　　　　連鑣向岳陽

광풍이 사납고 하얀 눈을 뿌리누나.　　　　　狂風送白雪

---

23 부구공(浮邱公)의……듯 : 부구공과 홍애(洪崖) 선생은 모두 중국 고대의 신선 이름이다.
　곽박(郭璞)의 「유선시(遊仙詩)」에 "왼쪽으론 부구공의 소매를 잡고, 오른쪽으론 홍애 선
　생의 어깨를 치네.[左挹浮丘袖 右拍洪崖肩]"라고 하였다. 여기서는 '산의 형세가 홍애와
　부구가 살던 신선세계처럼 생겼다'는 말이다.

저물녘에 흥룡 마을²⁴로 들어갔는데　　　　　　　昏入興龍洞

온돌방에 군불을 지펴서야 안심했네.　　　　　　土床烟初足

석청의 꿀로 송화를 개어 만든 다식　　　　　　崖蜜嫩松花

산에서 마시는 술잔에 댓잎이 비치네.　　　　　山盃映竹葉

귤나무 속에서 상산사호를 만난 듯이²⁵　　　　橘中逢四皓

무릉도원 한 구역 이곳에서 열렸구나.　　　　　桃源開一局

군산²⁶이 들판 너머로 외롭게 보이니　　　　　　君山野外孤

도리어 시상이 활짝 넓어짐을 느끼네.　　　　　轉覺詩眸豁

하늘 넓어 나무가 진 땅에 떠있는 듯　　　　　天闊樹浮秦

땅이 평평해 강이 촉 땅을 흔드는 듯.²⁷　　　　地平江動蜀

말을 멈춰 세우고 삽암²⁸에 올라서서　　　　　停驂鍤巖上

배회하며 옛 사람의 자취를 찾아보네.　　　　　徘徊尋古迹

---

24 흥룡 마을 : 현 경상남도 하동군 하동읍 흥룡리 일대를 가리킨다.

25 귤나무……듯이 : 옛날 파공(巴邛) 사람이 자기 집 뜰에 있는 큰 귤나무의 열매를 따서 쪼개 보니, 그 안에서 두 노인이 바둑을 두면서 즐거워하고 있었다고 한다. 상산사호(商山四皓)는 진(秦)나라의 학정을 피해 산속에 숨어 살던 동원공(東園公)·하황공(夏黃公)·녹리선생(甪里先生)·기리계(綺里季)를 가리킨다.

26 군산(君山) : 중국 호남성 동정호(洞庭湖)에 있는 섬 이름이다. 옛날 순(舜) 임금의 부인 아황(娥皇)과 여영(女英)의 신(神)인 상군(湘君)이 노닌 곳이라 하여 붙여진 이름이다. 여기서는 하동군 악양면 평사리 들판에 있는 동정호 속 섬을 일컫는다.

27 하늘……듯 : 이 두 구는 두보(杜甫)의 「봉화엄중승서성만조십운(奉和嚴中丞西城晚眺十韻)」에 있는 것을 그대로 인용한 것인데, '편(偏)' 자를 '평(平)' 자로 바꾸었을 뿐이다.

28 삽암(鍤巖) : 현 경상남도 하동군 악양면 평사리 섬진강 가에 있는 바위로, 고려시대 한유한(韓惟漢)이 은거하던 곳이다. 삽암(鈒巖)이라고도 하며, 한유한이 은거하여 피리를 불던 곳이라 하여 취적대(吹笛臺)라고도 한다.

부귀를 뜬구름처럼 본 삽암 주인이여　　　　富貴視浮雲

그 분의 높은 풍도 밝고 명철하였네.　　　　高風明且哲

아득히 천 년의 긴 세월 지난 뒤에　　　　悠悠千載下

그 누가 다시 이곳에 터를 잡았던가.　　　　何人更卜築

서원[29]에서 옛 수령을 지낸 사람이　　　　西原舊刺史

이곳에 와서 자연과 벗해 지냈다네.　　　　歸來伴雲物

그런데 그 사람 지금 어디에 있는지　　　　而今安在哉

부질없이 수십 그루 대나무만 남았네.　　　　空餘數叢竹

패릉의 이 장군[30]처럼 물러난 사람[31]　　　　灞陵李將軍

시대가 맑아 밤 사냥을 일삼고 있다네.　　　　時清事夜獵

술병 차고 우리 오길 기다리고 있으니　　　　携壺待我歸

호걸차고 의협심 있는 사람이라 말하리.　　　　可謂豪而俠

선도하는 자가 멀지 않았다 알려 주어　　　　先區知不遠

사람 마음속 그윽한 흥취를 재촉하네.　　　　使人幽興促

길은 험하여 바위가 매달린 듯 보이고　　　　路險石如懸

---

29 서원(西原) : 현 충청북도 청주(淸州)의 옛 이름이다.

30 패릉의……장군 : 중국 한(漢)나라 때 장군 이광(李廣)을 가리킨다. 『사기(史記)』「이장
군열전(李將軍列傳)」에, 그가 파직되어 밤에 외출했다가 술에 취해 귀가하는 도중 패릉
위(霸陵尉)의 검문을 당해 억류되었던 고사가 전한다. 여기서는 이광처럼 벼슬에서 물러
나 있는 사람을 비유하였다.

31 사람 : 팔선 중 이중훈(李重訓)을 가리킨다. 성여신의 동향인으로 판서를 지낸 이준민(李
俊民)의 조카이다.

구름 깊어 골짜기가 묶여 있는 듯하네.　　　　雲深峽似束
여덟아홉 집이 있는 작은 마을 하나　　　　有村八九家
천만 겹의 산자락 밑에 기대어 있네.　　　　依山千萬疊
도탄32의 강가는 수석이 기이한데　　　　陶灘水石奇
옛 현인33께서 이곳에 은거하셨지.　　　　前賢得藏六
높은 명성이 마침 자신을 그르치니　　　　高名適自誤
뭇 소인배가 백옥을 더럽혔기 때문.　　　　羣沙穢白璧
아, 차마 말로 다 표현할 수 없구나　　　　嗚呼不忍言
바람과 연하도 처량한 기분 더하네.　　　　風烟助悽惻
가정34을 지나며 여울 소리 들었고　　　　柯亭聽遺響
쌍계석문35 앞에서 승려를 만났네.　　　　石門見雲衲
횃불 들고 나와 우리 일행 맞이하니　　　　以火照我行
들쭉날쭉한 나무들이 빙 둘러 있네.　　　　參差繞樹木
두 시냇물이 앞과 뒤에서 흘러가고　　　　雙溪前後流
쌍계석문 네 글자엔 이끼가 끼었네.　　　　四字苔蘚蝕
쌍계사 팔영루는 이미 무너져버렸고　　　　八詠樓已毀
석 자 높이 비석36만 홀로 서 있었네.　　　　三尺碑獨立

---

32 도탄(陶灘) : 현 경상남도 하동군 화개면 덕은리 일대를 가리킨다.
33 현인 : 일두(一蠹) 정여창(鄭汝昌)을 가리킨다.
34 가정(柯亭) : 현 경상남도 하동군 화개면 탑리 가탄마을로 추정된다.
35 쌍계석문(雙磎石門) : 하동 쌍계사 입구 양쪽 바위에 석각된 글씨이다.

어린 처자의 음성으로 낭랑히 읊고	浪吟幼婦詞
한가히 유선[37]의 필적을 감상하네.	閑賞儒仙筆
옷자락 부여잡고 높은 누각 오르니	褰衣上高樓
처마 끝이 붉은 하늘에 닿아 있네.	觚棱紫宵逼
쌍계사 승려들이 다과를 내왔는데	山僧進茶果
그런대로 심한 갈증 해소할 만했네.	聊可解煩渴
매달린 등잔에는 청향이 피어오르고	懸燈炷清香
부들자리엔 밤의 정취가 고요하구나.	蒲團夜廖閴
여기에 앉았으니 온갖 상념 텅 비고	坐來萬慮空
맑은 경쇠 두어 가락 스쳐 지나네.	清磬數聲徹
동쪽으로는 방장실이 자리해 있고	東臨方丈室
서쪽으로는 영주각이 의지해 있네.	西依瀛洲閣
흰 구름이 처마 끝에서 피어오르니	白雲起簷端
속세 티끌 얼마큼 떨어진지 알겠네.	紅塵知幾隔
달빛은 보름달처럼 둥글지 않았고	月色輪未圓
산에는 나뭇잎이 반쯤이나 떨어졌네.	山容葉半脫
나무 쪼개 맑은 샘물 끌어들였는데	刳木引清泉
넝쿨 잡고서 보탑 위로 올라보았네.	捫蘿登寶塔

---

36 비석 : 쌍계사 법당 앞에 있는 진감선사대공탑비(眞鑑禪師大功塔碑)를 가리킨다.
37 유선(儒仙) : 최치원을 말한다. 유학자로서 신선세계에 의탁했다는 의미로 붙여진 이름이다.

하옹의 흥취[38]는 외롭지 아니하고   何顒興不孤

사공의 유흥[39]도 그치질 않았다지.   謝公遊未歇

남여 타고 앞서거니 뒤서거니 가니   藍輿爭後先

시내가 길을 막아 끊긴 곳이 많았네.   溪澗多阻絶

산속 과실이 온통 열매를 맺었으니   山果齊結實

붉기도 하고 옻처럼 까맣기도 하였네.   或紅或如漆

우리 산행 바위 밑에서 잠깐 쉴 제   我行憩石根

우리 노복들은 나무 위로 올라갔지.   我僕懸木末

빼어난 봉우리, 다투어 흐르는 냇물   競秀與爭流

황홀하기가 마치 남산[40]과도 같구나.   怳若南山或

걷다가 한 가닥 비탈길을 찾았는데   行尋一逕斜

그 골짜기를 청학동이라고 하였네.   有洞名靑鶴

그 사이에 기이한 두 봉우리 있는데   其間兩奇峰

구름과 닿아 마주하여 우뚝 솟았네.   連雲相對矗

어느 때나 구고[41]에서 우는 저 학이   何年九皐禽

---

38 하옹(何顒)의 흥취 : 하옹은 중국 양(梁)나라 때 양주지사(揚州知事)를 지낸 하손(何遜)이
다. 관사(館舍)에 있는 매화를 사랑하여 시를 자주 읊었으며, 임기를 마치고 돌아가서도
늘 그 매화를 생각하며 시를 지었다고 한다.

39 사공(謝公)의 유흥 : 사공은 남조(南朝) 제(齊)나라 때 시인 사조(謝朓)이다. 선성태수(宣
城太守)로 있을 때 산 남쪽에 높은 누대를 지어놓고 매일 그 경치를 감상하며 시를 지었
다고 한다.

40 남산(南山) : 중국 장안(長安)의 남쪽에 있는 종남산(終南山)을 가리키는 듯하다. 한유(韓
愈)가 그곳에 올라 지은 남산시(南山詩)가 유명하다.

이 봉우리 바위 구멍에 와서 깃들지.　　來棲此巖穴
산허리에는 잔도가 매달려 있는지라　　山腰棧道懸
백 걸음에 아홉 번을 쉬었다가 갔네.　　百步而九折
물고기 꿴 듯 차례로 조금씩 가는데　　魚貫寸寸進
내려다보니 깊이를 알 수가 없구나.　　下窺深不測
간간이 자진[42]의 피리소리 들리고　　時聞子晉吹
초평[43]이 양을 치는 것도 보았네.　　又見初平牧
그 누가 저 완폭대[44]를 만들었던가　　誰人揭翫瀑
돌에 새긴 글씨 어제 일처럼 완연하네.　　石刻宛如昨
은하 같은 폭포수 구천에서 떨어지는데　　銀河落九天
삼백 자 높이 절벽에서 날아 쏟아지네.　　飛流三百尺
이백이 그 옛날 시로 읊었던 폭포[45]를　　李白昔有詩

---

41 구고(九皋) : 『시경』 소아(小雅) 「학명(鶴鳴)」에 "학이 구고에서 우니, 그 소리 하늘까지 들리네.[鶴鳴于九皋 聲聞于天]"라고 하였다. 여기서는 학이 사는 먼 곳을 가리킨다.

42 자진(子晉) : 주(周)나라 영왕(靈王)의 태자 진(晉)으로, 신선의 도를 닦아 후산(緱山)에서 피리를 불며 학을 타고 떠나갔다고 한다.

43 초평(初平) : 중국 단계(丹溪) 사람 황초평(黃初平)을 말한다. 15세 때 양을 치다가 도사를 따라 금화산(金華山) 석실로 가서 수도하였다. 40년 뒤 그의 형 초기(初起)가 찾아가 만났는데, 양은 없고 흰 돌만 보였다. 그때 초평이 "양들은 일어나라."고 소리치자, 흰 돌이 모두 수만 마리의 양으로 변했다고 한다.

44 완폭대(翫瀑臺) : 현 하동 쌍계사 뒤쪽 불일폭포 앞에서 폭포를 감상하던 바위로, 석각된 글씨가 있었다고 한다. 현전하지 않는다.

45 폭포 : 이백(李白)은 여산폭포(廬山瀑布)를 보고 「망여산폭포(望廬山瀑布)」라는 유명한 시를 지었다.

우리가 지금 여기서 비로소 보는구나.　　　　　　　我輩今始覬

얼마 뒤 어떤 한 승려가 차를 준비해　　　　　　　俄有一浮屠

우리에게 옥처럼 귀한 차를 대접했네.　　　　　　　飲我以瓊液

아홉 번 단약 덖는 일 얼마나 번다하리　　　　　　何煩丹九煎

자연히 세 번 머리 깎은 듯[46] 장수하리.　　　　　　自然毛三伐

둥지는 텅 비고 학은 돌아오지 않으니　　　　　　　空巢鶴不返

오래된 절에 승려들 시들하기만 하네.　　　　　　　古寺僧牢落

신선 사는 곳이 어디인지 물어보니　　　　　　　　仙源問何在

길이 하도 깊어 들어가기 어렵구나.　　　　　　　　路幽難可入

날아가듯 비로봉 위로 올라가 보니　　　　　　　　飛上香爐峰

손으로 하늘의 별도 딸 수 있을 듯.　　　　　　　　手可星辰摘

호리병 속 같은 세상을 굽어보는데　　　　　　　　俯臨壺中天

기이한 나무들 천 겹으로 둘러있네.　　　　　　　　琪樹千重匝

미친 듯 노래하니 골짝에 메아리치고　　　　　　　狂歌山谷響

어지러이 춤을 추니 천지가 좁구나.　　　　　　　　亂舞乾坤窄

신선이 우리를 맞으러 오는 것인지　　　　　　　　仙人迎我至

신선의 옷자락이 바람결에 나부끼네.　　　　　　　羽衣風前拂

오래도록 꿇어앉아 비결을 물었더니　　　　　　　長跪問寶訣

---

46 세……듯 : 전하는 말에 3천 년 만에 한 번씩 세 번 머리를 깎은 사람이 살았다고 한다. 이는 9천 년 동안이나 장수한다는 의미이다.

단약을 제련하는 말씀을 전해 주었네. 　授以鍊藥說

날씨 서늘해져 오래 머물기 어려워서 　凜乎難久留

다시 보일암(普日庵)⁴⁷으로 돌아왔네. 　還歸普日刹

걸음마다 설산에서 자라는 풀들이고 　步步雪山草

서늘하니 겨드랑이에서 날개가 돋네. 　颯颯生羽翼

청정한 세계요 기이한 명승 있는 곳 　淨界奇勝處

지금 와서 두 눈으로 다 보고 가네. 　今來盡領略

표표히 신선의 소맷자락을 되돌려서 　飄然返仙袂

동자를 불러 작설차를 끓이게 하네. 　呼童烹雀舌

평생 장대한 선유 해보고 싶던 소원 　平生壯遊願

오늘 마음껏 풀 수 있어서 기쁘다네. 　此日喜能獲

호걸스런 기상이 청신하게 바뀌어서 　豪氣轉淸新

힘찬 글씨로 시축에 시를 써 넣었네. 　健筆題詩軸

우리의 벗 하동 손 상사(孫上舍)⁴⁸가 　吾友孫上舍

고기잡이배를 저 호수 너머에 대놓고 　漁舟湖外泊

여덟 수 시를 지어 먼저 보내왔는데 　八章先寄來

땅에 던지면 금석 소리가 날 듯하네.⁴⁹ 　擲地金聲裂

---

47 보일암(普日庵) : 불일폭포 앞의 불일암(佛日庵)을 가리키는 듯하다.

48 손 상사(孫上舍) : 하동 오룡정(五龍亭) 주인 손작(孫綽)을 말한다. 상사는 사마시(司馬試)에 급제하여 성균관에 유학하는 사람을 일컫는다.

49 땅에……듯하네 : 중국 진(晉)나라 때 손작(孫綽)이 천태산(天台山)을 가보지 않고 「유천태산부(遊天台山賦)」를 지었다. 그리고 벗에게 보내면서 "이 부를 땅에 던지면 금석 소리

양하[50]는 함께 시를 수창하였을 테고	羊何共和之
강포[51]는 의당 안색이 변했으리라.	江鮑宜色失
신응사의 산수가 빼어나고 빼어나니	神凝山水勝
이 골짜기에서 제일이라 일컬어지네.	峽中稱第一
시내 따라 붉은 등나무 지팡이 삼아	沿溪杖赤藤
먼 길에도 전혀 꺼려지지 않는구나.	不憚路超越
멀리서 종소리가 바람결에 들리는데	遠鍾逐風聞
지는 노을도 햇빛 따라 걷히는구나.	殘霞隨日撤
산에 사는 승려의 법호는 태능이라	山人號太能
시에 능해서 세 차례나 시를 지었고	詩有三能押
그 시에 차운하고 증정하기도 했는데	次之又有贈
세 차례 강운(强韻)에 적수가 없었네.	三强更無敵
나는 용마루는 금빛 푸른빛으로 빛나	飛甍耀金碧
위로 북두와 남극성까지 솟아 오른 듯.	上出斗南極
고요하니 티끌 없는 청정한 세계에서	蕭灑淨無塵

가 날 것이다."라고 하였다. 손 상사의 이름이 중국의 손작과 같았으므로 이처럼 넌지시 풍자한 것이다.

50 양하(羊何) : 남조(南朝) 송(宋)나라 때 태산(泰山)의 양선지(羊璿之)와 동해(東海)의 하장유(何長瑜)를 가리킨다. 이들은 사영운(謝靈運)·사혜련(謝惠連)과 함께 사우(四友)로 일컬어졌다.

51 강포(江鮑) : 남조(南朝) 양(梁)나라 때 문장가 강엄(江淹)과 남조 송(宋)나라 때 문장가 포조(鮑照)를 말한다.

시문을 논하니 안목이 생기지를 않네.	論文眼不得
돌아오는 길 그 옛 화개현에 이르니	歸來古花開
촌사람들 장막 치고 대접을 하였네.	村人設帳幕
말에서 내려 저물녘 강가에서 쉬니	歇馬暮江頭
바위로 냇물이 더욱 세차게 흘렀네.	石尤吹轉急
손 상사의 배를 기다려도 오지 않아	待船船不來
옛 평사역에 들러 잠시 휴식하였네.	古驛暫憩息
소촌찰방[52]이 어찌 알고 찾아왔는지	何來召村丞
그도 산수 좋은 이곳 구경하러 왔네.	亦探雲水窟
시를 주고받으며 수창을 하였는데	投詩聊唱和
의기가 서로 들어맞지를 않았네.	意氣不相接
시선(詩仙) 성순(成錞)이 배를 대어	詩仙艤蘭棹
느지막이 비로소 배 타고 출발했네.	日晚潮初發
손 상사와 만나서 한 바탕 웃었고	相逢開一笑
술자리 벌여 풍악이 요란하게 울렸네.	尊酒笙鼓咽
가을 강물은 긴 하늘과 한 빛깔이고	秋水共長天
지는 노을은 기러기와 나란히 했네.[53]	落霞齊孤鶩

---

52 소촌찰방(召村察訪) : 소촌은 현 경상남도 산청군 단성면 소남(召南)을 말하며, 당시 찰방
의 이름은 정윤목(鄭允穆)이다.

53 가을……했네 : 이 두 구는 왕발(王勃)의 「등왕각서(滕王閣序)」에 보이는 '지는 노을은
기러기와 나란히 날고, 가을 물은 긴 하늘과 한 빛깔이라[落霞與孤鶩齊飛 秋水共長天一
色]'라고 한 것을 변형해 지었다.

바람이 잔잔해 나그네 태운 배가 더디고   風恬客帆遲
지형이 빼어나 나그네 시상은 숫구치네.   地勝詩思逸
문득 비취빛 희미한 공간을 되돌아보니   却顧翠微間
우리가 유람한 길 오히려 가물거리네.   道途猶怳惚
기이하고 괴상하고 청신하고 외딴 곳   奇怪清絶地
이미 선현들의 유람록에 들어 있다네.   已入先賢錄
시 담은 비단주머니 지금 또 풀어보니   錦囊今又披
마치 그곳의 귀신 울음소리 들리는 듯.   如聞鬼神泣
백사마는 심양에서 그 시를 지었고[54]   白司馬潯陽
소설당은 적벽에서 그 부를 노래했지.[55]   蘇雪堂赤壁
만약 그 당시의 이들 유람을 논한다면   若論此時遊
우리들이 그것을 어찌 능히 필적하리.   彼哉焉能匹
닻줄을 풀어 강가 언덕 정자에 내리니   解纜江亭下
백사장 언덕에 사람들이 빼곡히 있네.   沙岸人如簇
손 상사는 매우 호걸스럽고 활달하여   孫郎甚豪縱

---

54 백사마(白司馬)는……지었고 : 백사마는 당나라 때 시인 백거이(白居易)를 가리킨다. 백
거이가 강서성 구강현(九江縣)의 심양(潯陽)으로 유배를 갔는데, 그곳 강가에서 어느 가
을밤에 비파 소리를 듣고 그 유명한 「비파행(琵琶行)」을 지었다고 한다.
55 소설당(蘇雪堂)은……노래했지 : 소설당은 송나라 때 문장가 소식(蘇軾)을 말한다. 소식
이 황주(黃州)에 있을 때 임고정(臨皐亭)에 우거하면서 동파(東坡)에 설당(雪堂)을 세웠
던 데에서 유래하여, 소식을 소설당이라 부른다. 여기서는 소식이 적벽에서 「적벽부(赤壁
賦)」를 지은 것을 일컫는다.

연회를 베풀어 다시 수작을 하였네.	開筵重酬酢
밤이 다하도록 정겨운 이야기 나누며	夜闌接軟語
다시 불 밝히고 술자리를 또 가졌네.	添酒更秉燭
사미56에 이난57을 겸하게 되었으니	四美兼二難
오늘 밤이 어떤 밤인지 충분히 알겠네.	今夕知何夕
노랫소리가 돌아가는 구름을 막아서고	歌聲遏歸雲
시상은 삼협의 물이 쏟아지듯 솟아나네.58	詞源倒三峽
아련히 향기로운 꿈속에서 번뇌하다가	依依惱香夢
사뿐사뿐 비단 버선 신고서 걸어보네.	盈盈步羅襪
저녁바람에 기대 봉소곡59을 부르니	鳳簫倚晚風
창공에서 시원한 바람소리 들리는 듯.	長空響淅瀝
강가의 단풍나무는 비단보다 더 곱고	江楓錦不如
바다의 달은 밝아 어둠을 거둘 만하네.	海月明可掇
청량한 이번 유람 미흡함이 있지마는	清遊猶未洽

---

56 사미(四美) : 좋은 시절[良辰], 아름다운 경치[美景], 명승을 감상하는 마음[賞心], 즐거운 일[樂事]을 일컫는다.

57 이난(二難) : 어진 주인[賢主]과 아름다운 손님[嘉賓]을 말한다. 사미와 이난은 당나라 때 왕발(王勃)이 지은 「등왕각서(滕王閣序)」에 "사미가 갖추어지고, 이난이 함께 하네. [四美具 二難幷]"라고 한 데에서 나온 말이다.

58 시상은……솟아나네 : 두보(杜甫)의 「취가행(醉歌行)」에 "글이 삼협의 물을 쏟듯 나오고, 붓놀림은 천군을 쓸어낼 기세로세.[詞源倒流三峽水 筆陣獨掃千人軍]"라고 한 데서 나온 말이다.

59 봉소곡(鳳簫曲) : 당나라 시인 심전기(沈佺期)의 「봉소곡(鳳簫曲)」을 가리키는 듯하다.

돌아갈 마음은 어찌 그리 촉박한 건지.　　　　　　歸心何促迫

명년 봄에 다시 오자고 약속 하였으니　　　　　　重來約以春

이제 작별함을 너무 한스러워 말게나.　　　　　　莫恨此相別

붓을 들어 선유에서 얻은 것을 기록하니　　　　　揮毫記所得

애로라지 황량하고 졸렬함을 잊어서라네.　　　　聊以忘荒拙

작품
개관

출전: 『가호세고(嘉湖世稿)』 권1, 『매촌집(梅村集)』, 「두류팔선유편(頭流八仙遊篇)」

일시: 1616년 9월 24일 – 10월 8일

동행: 성여신(成汝信), 정대순(鄭大淳), 강민효(姜敏孝), 박민(朴敏), 이중훈(李重訓), 성박(成鑮), 성순(成鏈), 강이원(姜以源), 하응일(河應一), 최비(崔坒), 정시특(鄭時特) 및 종 등

일정:
- 9/24일 : 부사정(浮查亭) – 검호(劍湖) – 이천(伊川) – 정촌(鼎村) – 관율(官栗) – 구암(龜巖)마을 – 하영견(河永堅)의 초정(草亭)
- 9/25일 : 초정 – 진현(晉峴) – 박민의 낙천와(樂天窩)
- 9/26일 : 낙천와 – 수곡(樹谷) 강사순(姜士順)의 집 – 유경지(柳景祉)의 모정(茅亭)
- 9/27일 : 모정 – 봉계(鳳溪) – 맥동촌(麥洞村)
- 9/28일 : 맥촌동 – 황현(黃峴) – 횡포(橫浦) – 공돌원(公突院) – 계동(桂洞) 하홍의(河弘毅)의 집
- 9/29일 : 계동 – 하영견(河永堅)의 초정 – 손유경(孫裕卿)의 정사(亭舍) – 흥룡(興龍) 하응일(河應一)의 집

- 9/30일 : 홍룡 - 군산(君山) - 삽암(鈒巖) - 도탄 - 가정(柯亭) - 쌍계사
- 10/1일 : 쌍계사
- 10/2일 : 쌍계사 - 불임암(佛日菴) - 향로봉(香爐峰) 고령대(古靈臺) - 쌍계사
- 10/3일 : 쌍계사 - 화개현(花開縣) - 신응사(神凝寺)
- 10/4일 : 신응사 - 가정촌(柯亭村) - 도탄(陶灘) - 삽암(鈒巖) - 평사역(平沙驛) 촌가
- 10/5일 : 평사역 촌가 - 홍룡촌 - (배를 타고 내려감) - 장변(場邊) 나루 - 강가 정자
- 10/6일 : 정자 - 우현(牛峴) - 하천(霞川) - 공돌원 - 횡포 - 황현 - 대야천(大也川) - 동곡(桐谷) 정희숙(鄭熙叔)의 집
- 10/7일 : 동곡 - 후방(後方) - 원당(元堂) - 곤명(昆明) - 박민의 낙천와
- 10/8일 : 낙천와 - 약동령(藥洞嶺) - 임천탄(林川灘) - 황류탄(黃柳灘) - 부사정

관련 작품 : 성여신의 「방장산선유일기(方丈山仙遊日記)」, 박민의 「두류산선유기(頭流山仙遊記)」

저자 : 문홍운(文弘運, 1577-1620)
자는 여간(汝幹), 호는 매촌(梅村), 본관은 남평이다. 남명(南冥) 조식(曺植)의 제자인 옥동(玉洞) 문익성(文益成, 1526-1584)의 손자이다. 경상남도 진주시 가방리(嘉坊里)에서 태어났다. 1612년 진사시에 합격하였다. 처음엔 외종숙인 신암(新庵) 이준민(李俊民)에게 수학하였고, 이후 중부(仲父)인 설계(雪溪) 문려(文勵, 1553-1605)에게 『대학』을 배웠다.
약관의 나이에 임진왜란이 일어나자, 송정(松亭) 하수일(河受一)과 함께 의병을 일으킨 부친 성광(猩狂) 문할(文劼, 1563-1598)을 도와 격문을 짓는 등 적극 참여하였다. 1616년 9월 24일 성여신·박민 등과 지리산 유람에 나섰는데, 그때 읊은 시가 「계두류선유행(啓頭流仙遊行)」을 비롯하여 모두 26수이다. 이 시는 유람하는 일정에 따라 감회를 읊은 것으로, 모두 284구 1420자로 이루어진 오언장편(五言長篇)이다.

구애됨도 없고 얽매임 없어라,
몸은 날아갈 듯하고
정신은 씻은 듯하네

성여신의 유두류산시

구애됨도 없고 얽매임도 없어라, 몸은 날아갈 듯하고 정신은 씻은 듯하네

성여신成汝信의 유두류산시遊頭流山詩

○ 두류산을 유람하고 쓴 시, 서문을 덧붙이다. 계해년(1623)

遊頭流山詩 并序-癸亥

  세상에서 치료하기 어려운 병으로 일컫는 것이 벽(癖)이다. 그러므로 사람의 기호 가운데에서 중도를 지나친 것을 '벽'이라 한다. 그런 까닭에 두씨(杜氏)[1]는 좌전벽(左傳癖)이 있었고, 등공(鄧公)[2]은 호마벽(好馬癖)이 있었다. 나는 내 산수 유람도 아마 그런 '벽'이라고 생각한다. 내 나이

---

1 두씨(杜氏) : 중국 진(晉)나라 때 학자 두예(杜預)를 가리킨다. 『춘추좌씨전(春秋左氏傳)』을 탐독하여 『춘추좌씨경전집해(春秋左氏經傳集解)』를 저술하였다.

2 등공(鄧公) : 당나라 때 등(鄧) 땅에 봉해진 사람으로, 이씨(李氏)이다. 그는 양경(梁卿)이 천자로부터 하사받은 총마(驄馬)를 가지고 있었는데, 그 말을 너무 좋아하여 취하였다. 그리고 두보(杜甫)에게 시를 짓게 했는데, 두보는 「총마행(驄馬行)」이라는 시에서 이를 기롱하여 "등공의 마벽은 사람들이 모두 알고 있지[鄧公馬癖人共知]"라고 노래하였다.

어언 78세에 이르렀으니, 늙었다고 하겠다. 사람이 늙으면 높은 곳에 오르거나 험한 길을 지날 수 없으니, 그것은 다리의 힘이 쇠하고 기력이 피로하기 때문이다. 그런데 나는 그런 점을 스스로 헤아리지 않고 오히려 산수 유람을 그만두지 못하였다. 억지로 젊은이들과 무리를 지어 길을 따라 나섰다. 혹 지팡이를 짚기도 하고, 때론 등에 업히기도 하며 억만 길 높은 상봉에 오른 뒤에야 그만두었다. 그러니 그 '벽'이 어떠하겠는가.

내 산수 유람의 '벽'이 이와 같다. 그러므로 젊어 한양을 유람할 적에는 백운대(白雲臺)-삼각산에 있는 뿔 같은 봉우리이다. 길이 끊어져 오르기가 어렵다.-를 오른 뒤에야 그쳤다. 또 중년에는 중원(中原:忠州)을 유람하여 계족산(鷄足山)-충주에 있다. 사찰로는 우암(牛庵)이 있다.-에 올랐다. 노년에는 동해 연안의 여섯 고을-영해(寧海)·영덕(盈德)·청하(淸河)·흥해(興海)·연일(延日)·장기(長鬐)-을 지나며 유람하였다. 다시 동도(東都:慶州)로 가서 봉황대(鳳凰臺)에 올랐고, 포석정(鮑石亭)을 둘러보았다. 월성(月城)과 계림(鷄林)의 유적도 모두 찾아다니며 구경하였다. 근래에 유람한 것으로 말하면 홍류동(紅流洞)[3]을 유람한 것이 두 번, 청학동(靑鶴洞)[4]을 유람한 것이 다섯 번, 신흥동(神興洞)[5]을 유람한 것이 세 번, 백운동(白雲洞)[6]을 유람한 것이 한 번이다.

---

3 홍류동(紅流洞) : 현 경상남도 합천군에 있는 가야산 해인사 계곡을 가리킨다.
4 청학동(靑鶴洞) : 현 경상남도 하동군 쌍계사 위쪽 불일폭포 부근을 가리킨다.
5 신흥동(神興洞) : 현 경상남도 하동군 화개면 범왕리 입구 신흥사가 있던 골짜기를 가리킨다.
6 백운동(白雲洞) : 현 경상남도 산청군 단성면 백운리 계곡을 가리킨다.

이제 또 지리산 상봉인 천왕봉에 올라 유람하니, 이 늙은이의 유람벽
은 죽을 때까지 고치기 어려울 것이다. 한 바탕 웃을 만한 일이다. 이에
유산시 한 수를 지었는데, 모두 86구(句)나 된다. 그 시는 다음과 같다.
-구양수(歐陽脩)의 「여산고(廬山高)」의 체제를 본뜨고, 한창려(韓昌黎:韓愈)의 「남산(南山)」의 어법을
썼다.

世稱病之難醫者 謂之癖 故人之嗜之過於中者 亦謂之癖 是以 杜氏有左傳
癖 鄧公有好馬癖 余謂余之遊覽 其殆謂之癖乎 余之齒 今至七十有八歲 則可
謂老矣 人老 則不能升高也 歷險也者 脚力衰矣 氣力疲矣 而猶不自揣也 猶不
自止也 强與年少輩 作隊隨行 或扶之 或負之 登覽億萬丈高峯 然後已 其爲癖
爲如何哉 余之癖 如是也 故 少時遊京師 登白雲臺-三角山中角 路絶難升處- 中年遊
中原 登鷄足山-在忠洲 寺有牛庵- 臨老 過東海沿邊六邑-寧海·盈德·清河·興海·延
日·長鬐-遊觀焉 如東都 登鳳凰臺 訪鮑石亭 月城·鷄林之跡 亦皆搜剔而尋向
焉 至以近者言之 則入紅流洞者再 入靑鶴洞者五 入神興洞者三 入白雲洞者
一 今又登覽頭流山上上峯 則此老遊覽之癖 抵死難醫 堪可笑也 於是 作遊山
詩一章 凡八十六句 詩曰-效歐陽公廬山高體 用韓昌黎南山詩語法-

두류산은 높기도 하여   頭流之山高
높이가 몇 천만 길인지 모르겠구나   不知幾千萬仞兮
국토 남단에 깎아지른 듯 우뚝 서 있네.   截然屹立乎南極
동쪽에는 진한의 도읍지가 있고   東有辰韓之舊都
서쪽에는 백제의 옛 국도가 있네.   西有百濟之故國
북쪽으로 오색구름 속을 바라보니   北望五雲中

그 가운데에 봉래궁[7]이 있구나.   中有蓬萊之宮闕

한양 남서쪽에 나누어 지은 궁궐   分宅占丁戊

뒤쪽은 백악산, 앞쪽은 목멱산이라.   後白岳前木覓

아름다운 님이여, 아름다운 님이시여   美人兮美人兮

아침엔 구름, 저녁엔 비가 되는 줄 모르시니[8]   不知爲朝雲爲暮雨

님을 그리는 이 마음 안타깝고 안타깝네.   使我思之心惻惻

아래로는 대지를 진압하고   下壓乎后土

위로는 푸른 하늘에 닿아   上薄乎穹蒼

구름 너머 홀로 빼어난 것은   獨秀乎雲表者

바로 우뚝하게 솟은 천왕봉이라네.   乃是天王峯之突屼

하늘을 옹립하고 지는 해를 떠받치며   擁乾寶撑西日

웅장하게 천왕봉과 마주하고 서 있는 건   崔嵬而對立者

또한 장엄한 반야봉이라네.   亦有般若峯之崒嵂

호남 땅의 서석산[9]과 월출산   湖南之瑞石月出

강우[10]지역의 가야산과 자굴산   江右之伽倻闍崛

---

7 봉래궁(蓬萊宮) : 중국 당나라 궁궐의 이름으로, 여기서는 한양의 궁궐을 가리킨다.

8 아침엔……모르시니 : 중국 전국시대(戰國時代) 초(楚)나라 회왕(懷王)이 고당(高唐) 지
방을 유람하다가 꿈속에 무산(巫山)의 여자를 만나 정을 나누었는데, 그 여자가 헤어질
때 "아침에는 구름이 되고, 저녁에는 비가 되겠습니다."라고 하였다. 이후 남녀가 사랑을
나누는 것을 운우(雲雨)라 하였다. 여기서는 임금과의 만남을 남녀의 일에 비유하였다.

9 서석산 : 현 전라남도 광주의 무등산을 가리킨다.

10 강우(江右) : 낙동강 오른쪽, 곧 경상우도 지역을 가리킨다.

고개를 숙이고 엎드려 있어	低頭而屈伏
첩이나 신하와 다를 바 없네.	無異乎臣妾
곤명 땅에 웅거한 금오산	金鰲在昆山
사천 남쪽에 서려 있는 와룡산	臥龍蟠泗南
남해에 치솟아 있는 금산	錦山峙花田
진주와 함안 사이의 방어산은	防禦界晉咸者等
마치 태산 앞의 구릉과 같도다.	如泰山之於丘垤
쏠리듯 동쪽으로 흐르기도 하고	或靡然東注
누운 듯 북쪽으로 머리를 둔 것은	或偃然北首者
안음11의 덕유산과	安陰之德裕
문경의 주흘산이라네.	聞慶之主屹
점치는 거북 등처럼 갈라지기도 하고	或似龜坼兆
산가지 점괘처럼 나누어지기도 하며	或若卦分繇
올망졸망 불쑥불쑥 솟기도 하고	而纍纍然巉巉然
들쭉날쭉 또렷또렷 서 있기도 하여	參參然煥煥然
무엇으로도 이름 부를 수 없는 것은	不可得以名焉者
빙 둘러 이 산을 향해 읍하고서	衆山之環揖于玆山
동서남북에 나뉘어 선 여러 산들이라네.	而分列乎東西南北
우리는 세심정12에서 만나기로 했으니	吾儕結約洗心亭

---

11 안음(安陰) : 현 경상남도 함양군 안의면(安義面)을 가리킨다.

동행하는 이들 모두 호탕하고 특출했네.	同行數子摠是豪而特
가을바람에 문득 구름 위로 오를 생각에	秋風忽起凌雲思
손에는 청려장 짚고 발에는 짚신 신었네.	手持青藜足芒屩
당당하게 생긴 조형연(趙瑩然)은	堂堂趙瑩然
구 척의 큰 키에 용모도 훤칠하고	身長九尺兮儀容仡仡
마음이 진실한 김여휘(金汝輝)는	斷斷金汝輝
옥 부딪히는 소리처럼 맑고 맑아	琅琅乎鏘鏘乎
산처럼 우뚝하고 옥빛처럼 찬란하네.	山立而玉色
조씨(曺氏) 집안의 두 소년	曺家兩少年
기이한 재주에다 맑은 지취 많으니	抱奇才多淸趣
어린 봉황이요 난초의 싹이로다.	鳳之雛蘭之茁
황(鍠)이 나를 따르니	鍠也隨杖屨
우리 집의 막내 아이.	云是家豚犬末
이웃에 언해(彦海)라는 승려가 있어	隣僧又有彦海名
불러다 길잡이 삼으니 지팡이를 날리네.	招爲前導飛杖錫
나란히 줄지어 맑은 시내 따라 오르는데	聯裾作隊泝淸流
맑은 소리 계곡 물이 흰 돌 위로 흐르네.	璆璧鏗然走白石
공전촌13에 못 미처 해가 지려 하더니	公田村外日將西

---

12 세심정(洗心亭) : 현 경상남도 산청군 시천면의 덕천서원 앞에 있는 정자의 이름이다. 남명(南冥) 조식(曺植)의 문인 수우당(守愚堂) 최영경(崔永慶)이 세웠다.

13 공전촌(公田村) : 현 경상남도 산청군 시천면 중산리 근처의 마을 이름이다.

살천현[14] 앞산에는 달이 벌써 떴구나.	薩川堂前月已白
나귀를 재촉하여 서둘러 객점에 드니	鞭驢急投黃店中
상수리나무로 엮은 지붕에 대나무 사립.	覆以橡皮扉以竹
방이 적은 산골 객점에 다 묵을 수 없어	山家室少衆難容
이 집 저 집 편의대로 온돌방에 묵었네.	分店便宜宿溫突
이 늙은이 한 밤중에 갑자기 배탈이 나	夜半翁忽痛河魚
줄줄 나오는 설사로 측간을 들락날락.	瀉痢如流如厠數
아침에 일어나니 기운이 다 빠져버려	朝來擡首氣薾然
조물주가 나의 유람 시기함이 있는 듯.	似有命物兒猜我尋山窟
이 늙은이 쇠했지만 뜻은 시들지 않아	翁年縱衰志不衰
흰죽 먹고 뒤틀린 속을 편안히 다스렸네.	噍以白粥安我輪囷之腹
나물 반찬에 조반 들고나니 기운이 여전	朝哺蔬糲氣如常
어찌 하찮은 병으로 발걸음을 돌리랴.	肯以微恙行還輟
여러 벗들과 함께 다시 길을 떠나서	因與諸君向前路
가섭과 마전[15] 등지를 지나 왔다네.	伽葉麻田地名曰
말에서 내려 지팡이 짚고 오르기 시작하니	捨馬携杖始登登
숲과 구름이 하늘 가리고 이끼 낀 돌 여기저기.	雲林蔽天兮苔石錯落

14 살천현(薩川縣) : 현 경상남도 산청군 시천면 근처에 있던 진주의 속현 이름이다. '살'은 '화살'의 '살'을 의미하는 것으로, 후에 '시천(矢川)'으로 이름이 바뀌었다.

15 가섭과 마전 : 현 경상남도 산청군 시천면 중산리 자연학습관 인근 지역을 가리키는 듯하다.

어떤 이가 부르더니 한참 후에 왔는데		有人呼號久乃至
허겁지겁 따라온 사람은 진여명이었네.		陳君汝明追而及
흰 눈썹 반가운 눈빛 동행하기로 하니		黃眉靑眼許同遊
그 풍모와 생각이 속되지 않다 하겠네.		風懷亦可謂不俗
돌부리를 부여잡고 걸음걸음 나아가니		攀緣石磴寸寸進
다리 떨리고 숨은 가빠 버겁기만 하네.		脚顫息急生偪塞
동행한 사람들 중 노복 한 명 있는데		同行有一奴
힘이 매우 센 선복(仙僕)이라는 사람		仙僕其名多膂力
그는 나를 당겨 등에 들추어 업고는		挽我背負之
험한 곳을 거침없이 잘도 뛰어넘었네.		不憚險易能超越
어떤 사람 횃불 들고 내려와 비춰주어		有人束火來照之
황혼 무렵 겨우겨우 법계사에 이르렀네.		黃昏走入法界刹
이 몸 이미 최고봉에 가뿐히 오른 듯해		將身已置最高處
바람 타고 허공 향해 날아가듯 상쾌하네.		快若乘風向廖廓
정신 차려 편히 눕자 온갖 시름 사라지고		頤神安寢屢念灰
속세를 굽어보니 하루살이처럼 부질없네.		俯視人間等蠓蟻
맑은 새벽 잠이 깨어 날이 새길 기다리다		淸晨夢罷待朝起
동쪽 창문 활짝 열고 해돋이 바라보았네.		手闢東窓看日出
동쪽 방면이 점점 붉은 빛으로 물들더니		東方漸入紅錦中
수레바퀴 같은 해가 바다 위로 떠올랐네.		火輪輾上滄溟角
천지 사방 옥촉을 켠 듯 환히 밝아지니		六合淸朗玉燭明
삼라만상이 제각각 그 모습을 드러내네.		物象森羅千萬億

띠처럼 생긴 강물은 산을 감고 흐르는데	江流爲帶束諸山
어디가 진나라이고 어디가 초나라이며	何地是秦楚
어디가 오나라이고 어디가 월나라인지.	何地是吳越
여기는 날짐승도 길짐승도 보이지 않고	玆地絶翔走
보이는 건 푸른 소나무와 노송나무가	但見蒼松碧檜
단풍과 잣나무 사이 드문드문 섞였을 뿐.	雜丹楓間翠柏
동쪽으로 걸터앉아 있는 세존봉은	東蹲世尊峯
우뚝한 바위가 사람이 서 있는 듯하네.	石角如人立
서쪽으로는 문창대가 솟아 있으니	西峙文昌臺
고운16의 옛 자취가 남아 있는 곳.	孤雲遺舊跡
그 바위에 고운의 필적 새겨 있다 하는데	人言石刻遺仙筆
험하고 가파른 절벽이라 가 볼 길이 없네.	路險境絶無由覩
법당 안에는 어떤 물건이 있던가?	堂中有何物
서남쪽 벽 아래에 석불이 앉아 있네.	西南壁下坐石佛
끝없이 복을 구하는 속세 사람들이	便有無窮求福人
갓을 벗고 합장한 채 연신 절을 하네.	脫冠攢手拜僕僕
원근의 사람들 남녀노소 할 것 없이	遠近男女老少
곡식을 담고 비단을 싸 가지고서	贏糧齎帛
끊임없이 꾸역꾸역 찾아온다네.	綿綿焉延延焉

---

16 고운 : 신라 말의 학자 최치원(崔致遠)의 호이다.

먼저 온 사람은 산을 내려가고	前來者下
뒤에 오는 사람은 힘겹게 올라	後來者上
뜰과 길을 가득 메워 끊길 때가 없네.	盈庭塡路無時絶
심하구나, 혹세무민 하는 말들이여	甚矣惑世誣民之說
어리석은 백성들 너도나도 빠져드네.	能使愚氓競陷溺
천왕봉 위에도 성모사[17]가 있는데	天王峯上又有聖母祠
속설에 의하면 고려 태조 어머니가	俗傳高麗太祖母
죽어서 신이 되어 이곳에 산다 하네.	死而爲神此焉託
혹자는 석가모니의 어머니 마야부인이	或云釋迦之所誕摩倻夫人
서역에서 이 산에 와 앉아 있다 하네.	來坐神山自西域
황당한 여러 설들 어찌 다 믿으랴	荒唐衆說何足信
보이는 거라곤 깎아 만든 석상에	但見塑像
분과 연지 바르고 비단옷 입혀 놓았을 뿐.	塗粉施丹衣錦帛
누가 이런 황당한 말을 지어냈단 말인가	何人倡此無稽語
속인들 파도처럼 몰려와 허튼 짓 일삼네.	擧世波奔恣汪瀆
아, 더러운 습속은 씻어버리기가 어렵고	嗟哉汚俗難滌去
아, 오래 물든 누습은 바꾸기도 어렵도다.	噫乎舊染難變革
옛날 천연이란 승려가 문을 박차고 들어가	昔有浮屠天演者排門突入

---

17 성모사(聖母祠) : 성모는 지리산 천왕봉 언저리에 있던 여신상(女神像)이고, 성모사는 이 를 안치한 집을 일컫는다. 천왕봉을 유람한 이들이 숙소로 애용하였다.

성모의 몸통을 깨어 절벽 아래로 던졌다네.　　　撞破神軀投絶壁
'신을 공경하되 멀리하라'[18]는 가르침을 지키며　吾儒只守敬而遠之之訓
아첨하지도 함부로 하지도 말면 그만이라.　　　　不爲諂不爲褻
사는 곳을 거닐며 마음껏 노닐기도 하고　　　　　閒筇隨處任遨遊
명승지를 구경하며 얽매임 없이 유람하네.　　　　遍踏名區無局束
동쪽으로 아직 푸른 월아산[19]을 바라보니　　　　東望牙山靑未了
내 집이 그 산 기슭에 있는 줄을 알겠구나.　　　　知是吾家在其麓
내 백구(白鷗)와 벗해 그윽한 곳에 깃들어　　　　浮查伴鷗寄幽棲
한 바가지 물과 만 권 책으로 살아간다네.　　　　一瓢生涯萬卷榻
태평시대에 태어나 버려진 사람 되었으니　　　　生逢聖世爲棄物
은거해 사는 삶을 맹세코 알리지 않으리라.　　　　在澗之藚矢不告
오늘 물외의 세계에 와서 한가로이 노니니　　　　今來閒放物外遊
번다한 세상사 한결같이 꿈속의 일이로세.　　　　世事紛紛一隉鹿
아득히 저 검푸르고 광활한 운해 밖을　　　　　　蒼茫烟海浩渺外
그 누가 왜적의 소굴이 되게 하였던가?　　　　　誰令染齒爲窟穴
해마다 통신사가 왜국 땅을 왕래했지만　　　　　連年信使縱相通
수시로 쳐들어와서 해로움을 입혔네.　　　　　　時時來肆蜂蠆毒
임진·계사년 난리를 차마 말로 하리오　　　　　龍蛇亂離那忍道

───────

18 신을……멀리하라 : 이 문구는 『논어(論語)』 「옹야(雍也)」에 보인다.
19 월아산(月牙山) : 현 경상남도 진주시 동쪽에 있는 산으로, 성여신의 집이 이 산 북쪽의
　　금산(琴山)에 있었다.

경주 한양 평양을 모두 지키지 못해	三京失守兮
종묘사직이 거의 다 전복될 뻔하였네.	廟社幾顚覆
적의 칼날이 이 산천 곳곳에 미치어	搜山賊鋒遍玆山
삼대 베듯 무참히 사람들을 죽이니	殺人如麻兮
비린내 나는 피가 초목에 뿌려졌네.	腥血汚草木
지금 같은 세상은 얼마나 다행인가	何幸如今
성상의 덕화가 사방까지 널리 퍼져	聖化覃被乎四裔
바다에 파도가 일어나지 않아서	海不揚波兮
백성들이 생업에 편안히 살도다.	民物安耕鑿
우리가 산수 간을 노닐 수 있는 것도	吾儕得遊山水間
어느 하나 임금의 은택 아님이 없다네.	一一無非由聖澤
높은 곳에 오르니 하늘에 닿을 듯	身高天不遠
머리 위의 별들은 손 안에 잡힐 듯	頭上星辰手可摘
활달한 걸음걸음 생각은 끝이 없고	步闊意何長
만 리의 산하는 한 눈에 들어오네.	萬里山河輸一矚
이 산은 세 가지 다른 이름 얻었으니	玆山得名有三稱
옛 문헌엔 두류산 지리산 방장산이라 하였네.	頭流智異方丈載古籍
'멀리 솟은 두류산 낮게 깔린 저녁 구름'[20]은	頭流山逈暮雲低
이인로[21]가 청학동을 찾을 때 지은 시이고	李仁老詩尋靑鶴

---

20 멀리……구름 : 이 구절은 이인로(李仁老)의 『파한집(破閑集)』 권1에 보인다.

'높은 지리산 만 길이나 푸르네'[22]는
포은[23] 선생이 승려에게 준 시이며
'방장산은 대방의 남쪽에 있네'[24]는
두보(杜甫)의 시 속에 나오는 말이네.
이 산의 신이함은 예로부터 전해지니
천추토록 그 이름 없어지지 않으리.
하물며 동해에 있는 삼신산 가운데
방장산이 그 하나를 차지함에 있으랴.
늘 상서로움 간직하고 신이함을 드러내
이 산에서는 불사약이 많이도 나온다네.
진 시황(秦始皇)과 한 무제(漢武帝)는
불사약을 구하려다 얻지 못했지만
오늘 나는 이 산에 두 발을 들여놓았네.
왼쪽은 홍애, 오른쪽엔 부구를 잡으니[25]

智異山高萬丈青
圃隱先生贈雲衲
方丈山在帶方南
杜草堂詩中說
玆山神異自古傳
知是千秋名不滅
況乎東海中三神山
方丈居其一
儲祥產異無絶時
山上多生不死藥
秦皇漢武
求之而不得者
此日輪吾雙躡屐
左挹洪厓右浮丘

---

21 이인로 : 고려 중기의 문인으로, 지리산 청학동을 찾아 쌍계사 근처를 유람하였다.
22 높은……푸르네 : 정몽주(鄭夢周)의 『포은집(圃隱集)』권2, 「송지리산지거사주지각경상
  인(送智異山智居寺住持覺冏上人)」에 보인다.
23 포은 : 정몽주의 호이다.
24 방장산은……있네 : 이 구절은 두보(杜甫)의 시에 보이지 않는다. 아마도 두보의 「봉증태
  상장경계이십운(奉贈太常張卿垍二十韻)」의 한 구절인 '방장삼한외(方丈三韓外)'를 풀이
  하여 말한 듯하다. 『두시상주(杜詩詳注)』 등에는 『위지(魏志)』를 인용해 '방장산이 대방
  남쪽에 있다'고 하였다. '대방'은 현 전라북도 남원의 고호(古號)이므로, 선현들은 남원
  인근의 큰 산인 지리산을 방장산으로 인식하였다.

모두가 신선의 골격에 알맞구나.   儘是神仙中骨格

걸음마다 연하 머금고 기화요초 꺾으며   餐霞步步拾瑤草

티끌과 안개 뒤덮인 인간세상 돌아보네.   回瞰人間塵霧合

신선 놀이 마치고 새날이 밝아오니   仙遊旣了返飈輪

몸은 훌쩍 날아갈 듯하고   飄飄乎身世

정신은 씻은 듯 깨끗하여   灑灑乎精神

넓고 넓은 세계를 얻은 것 같도다.   浩浩然如有得

공자께서 태산과 동산에 오르셨을 때[26]와   吾不知夫子之登泰山登東山

정자가 남여를 타고 사흘 동안 노닐 때와   程子之藍輿三日

주자가 눈 내리는 남악[27]을 유람했을 때도   誨翁之雪中南嶽

오늘 나처럼 마음과 눈이 활달했을까?   亦如今日之豁心目

장건[28]이 뗏목 타고 은하수에 오르고   又不知張騫之乘槎

유안[29]의 닭과 개가 약 먹고 하늘에 오르고   劉安之雞犬

---

25 왼쪽은……잡으니 : 홍애(洪厓)와 부구(浮丘)는 중국 고대 신선의 이름이다. 곽박(郭璞)
의 「유선시(遊仙詩)」에 "왼쪽으론 부구공(浮丘公)의 소매를 잡고, 오른쪽으론 홍애 선생
의 어깨를 치네.[左挹浮丘袖 右拍洪崖肩]"라고 하였다. 여기서는 산의 형세가 홍애나 부
구가 살던 신선세계와 같이 생겼다는 말이다.

26 공자께서……때 : 『맹자(孟子)』「진심 상(盡心上)」에서 공자가 "동산에 오르니 노나라가
작게 보이고, 태산에 오르니 천하가 작게 보인다[登東山而小魯國 登泰山而小天下]"라고
한 것을 가리킨다.

27 남악(南嶽) : 중국 호남성에 있는 형산(衡山)을 가리킨다. 송나라 때 주희(朱熹)가 형산의
최고봉인 축융봉(祝融峯)을 유람하였는데, 『회암집(晦庵集)』 권5에 실린 「등축융봉 용택
지운(登祝融峯 用擇之韻)」을 흔히 '남악시'라고 일컫는다.

28 장건(張騫) : 중국 한나라 때 사람이다.

왕자교[30]가 학을 타고 하늘에 오른 일이	王喬之控鶴
어찌 오늘 우리가 마음껏 노닌 것과 같으랴!	孰如吾儕今日之恣遊樂
고금의 인물이 같고 다른지는 모르겠지만	古今人同不同未可知
다만 조물주와 한 무리가 되어서	只與造物者爲徒
산천의 언덕을 소요하기도 하고	而逍遙乎山川之阿
인간세상을 마음껏 노닐기도 하니	放曠乎人間之世
구애됨도 없고 얽매임도 없어라.	無所拘而無所繫
명승을 유람한 일을 잊을 수 없어	勝事不可忘
돌아와 다녔던 곳을 기록해 두네.	歸來記遺躅
이 해가 바로 계해년(1623)이요	年是昭陽大淵獻
단풍 들고 국화 피는 달이었네.	月乃楓丹菊花節
'경의'를 써 붙인 사랑채에서 기록하니	書於敬義西翼室
이 날은 갑진일 그믐날이라네.	日則青龍旁死魄

---

29 유안(劉安) : 중국 한나라 고조 때 인물이다.

30 왕자교(王子喬) : 중국 주(周)나라 때 선인(仙人)으로, 영왕(靈王)의 태자라고도 한다. 흰
학을 타고 생황을 불며 공중을 날아다녔다고 전한다.

작품
개관

출전: 『부사집(浮查集)』권2, 「유두류산시병서(遊頭流山詩幷序)」

일시: 1623년 9월

동행: 조형연(趙瑩然), 김여휘(金汝輝), 막내아들 성황(成鍠), 진여명(陳汝明), 승려 언해(彦海), 조씨(曺氏) 두 아들

일정: 진주-세심정-공전촌-객점-가섭촌-마전촌-법계사-천왕봉

저자: 성여신(成汝信, 1546-1631)

자는 공실(公實), 호는 부사(浮查), 본관은 창녕(昌寧)이다. 고조부 성우(成祐) 때 경상남도 거창에서 진주로 이주하여 정착하였으며, 증조부 성안중(成安重)이 문과에 급제하여 승문원 교리를 지냈다. 그러나 조부 이후로는 기묘사화로 출사를 단념하고 강호에 은거하였다.

부사는 어려서 이모부인 신점(申霑)의 문하에서 배웠고, 뒤에 정탁(鄭琢)·이정(李楨)·조식(曺植) 등에게 수학하였다. 23세 때 단속사에 머물고 있던 휴정(休靜)이 『삼가귀감(三家龜鑑)』을 편찬하면서 유가(儒家)의 글을 맨 뒤에 둔 것에 분개하여 책판을 불사르는 혈기 넘치는 젊은이였다. 그 뒤 덕산(德山) 산천재(山天齋)에 머물고 있던 조식을 찾아가 문인이 되었으며, 그곳에 와 있던 수우당(守愚堂) 최영경(崔永慶)과 벗하였다.

20대 초반 과거에 낙방한 뒤, 진주 경내의 응석사(凝石寺)·단속사·쌍계사 등지에서 경서와『심경』·『근사록』·『성리대전』및 역사서를 부지런히 읽었다. 36세 때는 처가가 있는 의령으로 이주하여 곽재우(郭再祐)·이대기(李大期)·이대약(李大約) 등과 교유하며 학문을 강마하였다. 남명의 문인으로서 덕천서원을 중건하는 일에 동참하였으며, 최영경이 무고하게 죽자 그를 신원하는 데 적극 참여하였다.

47세 때 임진왜란이 일어나자, 인근에 진을 치고 있던 김덕령(金德齡) 장군과 군사(軍事)를 논의하였고, 뒤에 김덕령이 구금되자 상소를 올려 적극 구원하였다. 1597년 왜적이 다시 침입하자 김천으로 피난하였다가 곽재우가 진을 치고 있는 화왕산성으

로 들어가 함께 군사를 의논하였다. 54세 때인 1599년 비로소 고향으로 돌아와, 강호에 묻혀 지내는 은일의 삶을 지향하였다.

68세 때(1613) 문과시험에 응시 차 상경하였다가 세도가 어지러운 것을 보고 곧바로 낙향하였다. 이 당시의 정국은 동인(東人)이 남인(南人)·북인(北人)으로 갈리고, 북인이 집권하였지만 다시 대북·소북으로 나뉘어져 치열한 당쟁을 일삼던 시기였다. 게다가 정인홍(鄭仁弘)·이이첨(李爾瞻) 등의 대북정권이 강경책을 써서 영창대군을 죽이고 인목대비를 유폐시키는 정치적 격변기였다. 부사는 남명학파의 영수(領袖)격인 정인홍과 뜻을 같이 하였지만, 이를 계기로 정온(鄭蘊)·곽재우 등과 같은 입장을 취함으로써 이른바 중북(中北)의 노선을 지지하였다.

그리하여 그의 불우는 보다 극대화 되었고, 만년에 신선세계에 몰입하는 경향을 보인다. 71세(1616) 때 동지들과 함께 지리산 쌍계사 방면을 유람하고 유람록인 「방장산선유일기(方丈山仙遊日記)」를 남겼다. 이 글은 78세 때 법계사를 거쳐 천왕봉을 유람하고 지은 172구의 장편시이다. 저술로 『부사집』이 있다.

두류산에서
논을 매고 화전을 일구리

이만부의 두류가

두류산에서 논을 매고 화전을 일구리

이만부李萬敷의 두류가頭流歌

○ 두류가, 두 노씨(盧氏) 어른이 새로 두류산 속에 터를 잡으러 떠나
는 것을 전송하며, 아울러 공암(孔巖)¹ 어른에게 올리다. —기축년
　(1709) 頭流歌 送盧二丈新卜頭流山中 兼呈孔巖丈-己丑

그대는 보지 못했는가, 저 두류산이	君不見頭流
허공에 우뚝 솟아 푸른 하늘에 닿은 것을	穹窿峯嶧際蒼洲
북쪽 머린 장백산에 두고 남쪽 머리 흘려내렸네.	北頭長白南頭流
남쪽 머리 흘러내리다 머리로써 허공을 막아서	頭流以頭障半空
천왕봉과 반야봉이 푸르고 푸르게 우뚝 솟았네.	天王般若蒼蒼浮
만고의 세월에 금칠한 듯 바위 머리 반짝이니	萬古金冶曜石髻
태을군(太乙君)의 궁실에 뭇 신선이 노니누나.	太乙之室羣仙遊

---

1 공암(孔巖) : 어떤 사람의 호인데 자세치 않다.

푸른 깃털 길게 드리우고 북소리 가늘게 들리며　　翠羽氈毯皷韽韽

난새와 봉새를 타고서 교룡을 곁말로 삼았구나.　　駕鸞鳳兮驂螭虯

인간세상 변화시키려 우레 치고 비를 뿌리자　　變化人寰送雷雨

산신이 괴이하게 여겨 중간에 일어나 탄식했네.　　神怪中間起啁啾

출렁출렁 요동치며 음양이 그 안에서 움직이니　　馮翼沆瀁二儀涵

부상과 약목²을 끌어당길 수 있을 듯도 싶네.　　扶桑若木疑可揉

고래와 교룡이 하늘 막아 이 산을 덮어버리자　　鯨鯢隘天蕩雲根

해약³은 평소에도 산신과 더불어 모의하였네.　　海若尋常神與謀

비단 바위 아름다운 숲은 낮은 곳에 생겨났고　　綺巖繡林有底處

골짜기가 만들어지니 그 속의 굴이 깊숙하였네.　　嶮岈眞成窟宅幽

옥 같은 물이 흘러나와 더러운 찌꺼기를 씻고　　淙生玉津漱滓穢

고사들의 발자취 이곳을 지나며 향기를 남겼네.　　高躅曾經此淹留

남명과 수우당⁴은 모두 깊고도 강직한 분이며　　南冥守愚俱幽貞

속물들은 보잘것없이 미미해 굼벵이와 같다네.　　俗物茫茫等蟭蟉

계부당과 뇌룡사⁵에는 아직 향기가 남았는데　　雞伏龍見剩餘馥

---

2 부상과 약목 : 부상(扶桑)은 해가 뜨는 동쪽이고, 약목(若木)은 해가 지는 서쪽을 말한다.

3 해약(海若) : 바다의 신을 일컫는다.

4 남명과 수우당 : 남명(南冥)은 조식(曺植, 1501~1572)의 호이고, 수우당(守愚堂)은 최영경
(崔永慶, 1529~1590)의 호이다. 최영경은 조식의 문인으로, 기축옥사 때 억울하게 화를 당
해 처형되었다.

5 계부당과 뇌룡사 : 모두 조식이 모친상을 마친 1548년부터 고향인 합천 삼가(三嘉)에 지어
놓고 학문하던 집의 이름이다. 계부당(鷄伏堂)은 닭이 알을 품고 있듯 깊이 들어 앉아 함양
한다는 뜻이고, 뇌룡사(雷龍舍)는 평소엔 시동(尸童)처럼 가만히 앉아 있다가도 때론 용처

바람이 쓸고 구름이 소제하는 빈 누각 닫혔네.　風刷雲鍊鎖虛樓

제향하는 서원⁶ 옛날 살던 동천에 있는데　俎豆惟設舊洞天

관아에서 제물 보내 봄가을로 제사 지내네.　官致以物春復秋

두류산의 풍물은 지금 어디를 찾는 것인지　頭流風物今何許

세상 사람들 깊은 곳을 찾으려 하지 않네.　世人不肯訪深陬

두류산 자락에도 오래도록 주인이 없어　頭流山下久無主

산새와 물가 백로들만 자유롭게 노니네.　自在山禽與渚鷗

늙은 태학생인 이 옥천자(玉川子)⁷는　老太學生玉川子

신세가 쇠락하여 물에 뜬 거품과 같네.　身世落落如浮漚

개인 봄날 문득 바닷가로 멀리 떠나가　春晴海國忽遐擧

그 연하 속 어떤 언덕에 터를 잡았네.　箇裏煙霞占某邱

대머리에 수척한 얼굴로 노새를 탔구나　禿鬢癯容欹載驢

처와 첩 둘이서 위로하며 끌채를 얹네.　一妻一妾藁爲輈

가족을 온전히 한 도덕 기상을 보노니　全家道氣始得見

산속에서 사는 것도 스스로 잘하리라.　巖屋雲巢自綢繆

두류산 아래 저 밭에서는 논을 매고　水耨頭流山下田

두류산 위의 밭에서는 화전을 일구리.　火畬頭流山上疇

럼 신묘한 조화를 드러내고, 연못처럼 깊이 잠겨 있다가도 때론 우레처럼 일어나 소리를
낸다는 뜻으로 이름하였다.

6 서원 : 현 경상남도 산청군 시천면 원리에 있는 덕천서원(德川書院)을 일컫는다.

7 옥천자(玉川子) : 제목에 보이는 노씨 성을 가진 인물의 호인 듯하다.

공암 어르신은 좋은 흉금을 가지신 분   孔巖丈人有好襟
멀리 와 노닐며 한가로이 짝이 되었네.   遙托幽期散閒儔
석벽에 두건 걸어 둔 머리 허연 두 노인   石壁掛巾雙白頭
반가운 눈빛으로 먼 산 구름을 바라보네.   遠岫看雲兩靑眸
세상에서 내 늙고 도는 이루지 못했는데   宇宙吾衰道未成
십년 간 굶주린 모습 뱅어처럼 초라하네.   十年饑伏醜如鰍
세상사는 어지러운데 나는 어디로 향하나   世故糾紛我安適
두류산에 들어가 멋대로 명승을 찾으려네.   願入頭流恣冥搜
회개에서 유람 끝내고 악양에서 배를 타고   踏盡花開泛岳陽
광풍제월의 그 경지를 체험해 보고 싶네.   霽月光風挹前脩
그런 뒤 푸른 봉우리 속에 자취 감추고서   然後滅迹靑峰裏
그대와 함께 종신토록 넉넉히 노닐고 싶고   與子卒歲共優游
함께 넉넉히 노닐며 내 수심도 풀고 싶네.   共優游消我愁
두류가 한 곡조로 그대를 전송하노라니   一歌頭流歌送君
두류산 바라보며 생각이 아련해지누나.   望頭流兮思悠悠

출전 : 『식산집(息山集)』 권1, 「두류가(頭流歌)」
일시 : 1709년

저자 : 이만부(李萬敷, 1664-1732)

자는 중서(仲舒), 호는 식산(息山), 본관은 연안(延安)이다. 조부는 이조판서 이관징(李觀徵)이고, 부친은 예조참판 이옥(李沃)이다. 어려서 가학으로 학문을 전수받았고, 정주학(程朱學)에 심취하였다. 17세기 대표적인 남인(南人) 학자이다.

15세(1678) 때 송시열(宋時烈)의 극형을 주장하다가 탁남(濁南)에게 몰려 함경도 북청(北靑)에 유배된 부친을 따라가 그곳에서 여러 해 동안 모시며 학문을 닦았다. 그 뒤 기사환국(己巳換局)으로 남인이 집권하여 부친이 다시 조정에 복귀하였으나, 이만부는 벼슬을 단념하고 학문연구에만 전념하였다.

34세(1697)에 경상북도 상주(尙州) 노곡(魯谷) 식산(息山) 아래에 자리를 잡고 살았다. 그의 가문은 대대로 서울에서 살았으나 영남의 학자들과 친분이 있는 관계로 이곳에 터를 잡고 후진양성과 풍속교화에 힘쓰며 저술활동을 하였다. 1729년(영조 5) 학행(學行)으로 장릉참봉(長陵參奉)과 빙고별제(氷庫別提)에 임명되었으나 모두 나아가지 않았다.

그는 평소에 주돈이(周敦頤) · 정호(程灝) · 정이(程頤) · 장재(張載) · 주희(朱熹) 등 5현(賢)의 진상(眞像)을 벽에 걸어두고 존모하였으며, 이황(李滉)을 정주학의 적전(嫡傳)으로 존숭하였다. 따라서 성리학적인 견해도 주리적(主理的)인 경향을 보인다. 만년에는 역학(易學) 연구에 전념하여 『역통(易統)』을 저술하기도 하였다. 글씨에도 뛰어나, 특히 고전팔분체(古篆八分體)에 일가를 이루었다. 저술로 『식산집』 외에 『대상편람(大象便覽)』 · 『사서강목(四書講目)』 · 『도동편(道東編)』 · 『노여론(魯餘論)』 등이 있다.

『식산집』 가운데 별집(別集) 4권은 원집과 다른 시문을 모아 엮은 것이다. 그중에 『지행록(地行錄)』은 각처의 명산과 도읍을 유람하고 기록한 일종의 기행시문이다.

단양사군(丹陽四郡), 가야산 선유동(仙遊洞) 일대, 청량산(淸凉山), 지리산 일대, 관동지역과 금강산, 경주 불국사, 속리산 등의 절경과 고사(故事)를 적어 놓았다. 이 가운데에서도 진주와 지리산 일대를 유람하고 쓴 작품은 모두 문(文) 1편, 한시 10수이다.

이런 태평성세에도
속세를 도망쳐 온 이가 있는 겐지

김도수의 두류산행

이런 태평성세에도
속세를 도망쳐 온 이가 있는 겐지

김도수金道洙의 두류산행頭流山行

저 장백산이 뻗어 내려 만 리를 달려 와서는	長白走勢萬里來
엉켜서 남악이 되니 구름과 우레가 머무르네.	結爲南嶽屯雲雷
최고운[1]은 그 옛날 쌍계사의 달을 희롱했고	孤雲昔弄雙溪月
뭇 신선은 학을 타고 떠났다가 다시 돌아왔네.	羣仙驂鶴往復廻
쌍계석문[2] 네 글자는 창검을 비껴 세운 듯	石門刻字橫劍戟
불전에 남은 고운영정[3] 정신을 감동시키네.	香殿留眞動精魄
이름이 온 세상에 높아도 용납되지 못했으니	名高天下不能容

---

1 최고운 : 고운(孤雲)은 최치원(崔致遠)의 호이다.

2 쌍계석문 : 현 경상남도 하동군 화개면에 있는 쌍계사 입구의 석문 글씨로, 왼쪽에는 '쌍계(雙磎)'가, 오른쪽에는 '석문(石門)'이라 석각되어 있다. 지리산 유람록에는 최치원의 글씨라 전해지고 있다.

3 고운영정 : 쌍계사에는 18세기까지 최치원의 영정을 안치한 고운영당(孤雲影堂)이 있었다.

이 일은 또한 충분히 우리나라의 수치로구나.　　此事亦足羞東國

영험한 곳이라고 청학동을 가장 많이 일컫지　　靈境最說靑鶴洞

성난 폭포 소란한 소나무 대낮에도 싸우는 듯.　　瀑怒松喧白日鬪

향로봉의 산색이 불일암의 선방 창에 비치고　　香爐峰色落禪窓

지금도 신선들은 승려의 꿈으로 찾아온다네.　　至今羽衣入僧夢

몸을 돌려 올라가서 국사암⁴에 다다르니　　回身却到國師菴

그 아래 산기슭에는 암자가 많기도 하구나.　　下麓往往多精藍

이곳 사람들 돌밭이 척박하다 말하지 않고　　居民不言石田薄

대나무 울타리는 쓸쓸하고 산배가 떨어지네.　　竹籬蕭疎山梨落

구름 너머 들려오는 닭 울고 개 짓는 소리　　雲中深聞雞犬響

태평성세에도 속세를 도망친 객이 있는 건지.　　聖代亦有逃塵客

옥보고⁵가 지팡이 떨치며 내 소매 이끌기에　　玉寶振策攜我袂

법당에서 분향 하며 상제에게 절을 올리네.　　金壇焚香拜上帝

삼신동⁶에 문득 달마 사는 절집이 열렸고　　三神忽闢達摩境

칠불암은 멀리 신라 때부터 내려온 암자로다.　　七佛遠自新羅世

---

4 국사암(國師菴) : 현 경상남도 하동군 화개면 운수리에 있는 지리산 쌍계사의 말사(末寺)
　로, 국사암(國師庵)이라고도 한다. 쌍계사를 창건한 진감국사(眞鑑國師) 혜소(慧昭, 774-
　850)가 머물던 암자를 높여서 부르게 된 이름이다.

5 옥보고(玉寶高) : 신라 경덕왕 때 육두품 출신으로 지리산 칠불사 운상원(雲上院)에 들어
　가 50년 동안 거문고를 배워 30여 곡을 지었다고 한다.

6 삼신동(三神洞) : 현 경상남도 하동군 신흥리에 신흥사(神興寺)가 있던 골짜기를 일컫는
　다. '삼신'이란 '신흥사·의신사(義神寺)·영신사(靈神寺)'라는 세 사찰의 이름에 '신(神)'
　자가 들어있어 붙여진 이름이라 전한다.

삼나무 노송나무 우뚝우뚝 천 길로 곧게 뻗고　　　　杉檜落落千章直
골짜기 시냇물 청량하여 만고토록 차갑구나.　　　　谿壑泠泠萬古寒
단풍 숲이 땅에 비쳐 성성이 피인 듯 붉고　　　　　楓林照地猩血赤
노을 기운 피어난 골짜기 햇빛이 붉기도 하네.　　　霞氣生洞日色丹
산속 승려의 고달픈 수행에 비도 내리지 않고　　　 山僧苦道天雨乾
못 속에는 저절로 교룡이 서려서 살고 있다네.　　　泓底自有蛟龍蟠
검은 곰 절벽에 매달려 땔감 하던 아이 놀래고　　　蒼熊掛壁樵童忙
사나운 호랑이가 포효하니 나뭇잎이 흔들리네.　　　猛虎吼山木葉狂
내일 아침 말을 타고 화개 골짜기 나가야 하니　　　明朝騎馬花開峽
천왕봉까지 올라 보지 못한 한스러움 남으리라.　　　遣恨不得窮天王
삽암[7]의 물색은 마치 그림 속의 풍경 같은데　　　　鈒巖物色如畵圖
한 녹사[8]는 오지 않고 산달이 외롭게 떴도다.　　　錄事不來山月孤
내 기나라 사람의 부질없는 근심[9]을 안고서　　　　小臣竊抱杞國憂
석양녘 악양 땅 호숫가[10]에 홀로 서 있노라.　　　　落日獨立岳陽湖

---

7 삽암(鈒巖) : 현 경상남도 하동군 악양면 평사리 섬진강 가에 있는 바위를 일컫는 것으로,
　삽암(鍤巖)이라고도 한다. 고려 말의 한유한(韓惟漢)이 벼슬을 버리고 지리산을 찾아와
　은거했던 곳이다.

8 한 녹사(韓錄事) : 녹사는 고려와 조선 초기에 중앙의 여러 관서에 설치된 하위관직으로,
　여기서는 한유한을 가리킨다. 그가 삽암에 은거한 후 고려 조정에서 대비원 녹사(大悲院
　錄事)를 하사하였으나 나아가지 않았다.

9 기(杞)……근심 : 중국 고대 기나라의 어떤 사람이 하늘이 무너질까 늘 걱정하였다는
　'기우(杞憂)' 고사를 인용하였다.

10 호숫가 : 현 경상남도 하동군 악양 들판에 있는 동정호(洞庭湖)를 가리키는 듯하다. 그
　곁의 섬진강 가에 삽암이 있다.

출전:『춘주유고(春洲遺稿)』권2,「두류산행(頭流山行)」

일시: 1727년 9월 12일 - 10월 5일

동행: 김옥성(金玉聲), 양경조(梁慶祚), 김준필(金俊弼)

일정: •9/12일 : 금산군 - 담양부 - 순창군

•9/13일 : 순창군 - 중주원(中酒院) - 곡성현

•9/14일 : 곡성현 - 압록원(鴨綠院) - 압록진(鴨綠津) - 구례현 - 화엄사 - 부도
대(浮圖臺)

•9/15일 : 화엄사 - 석주천(石柱遷) - 연곡(燕谷) - 화개동 - 쌍계석문 - 쌍계사

•9/16일 : 쌍계사 - 불일암 - 완폭대 - 청학동 - 국사암 - 소년암 - 신흥동 - 세
이암 - 칠불암 - 옥보대 - 쌍계사

•9/17일 : 쌍계사 - 화개동 - 삽암 - 악양 - 섬진강 - 하동부 - 옛 하동 읍치 - 횡
포역(橫浦驛)

•9/18일 : 횡포역 - 봉계역(鳳溪驛) - 진주성 - 촉석루 - 진주 읍치

•9/19일 : 진주 읍치 - 촉석루 - 안간역(安澗驛) - 삼가현(三嘉縣)

•9/20일 : 삼가현 - 함벽루 - 심인촌(深仁村)

•9/21일 : 심인촌 - 귀경촌(歸耕村) - 야천(倻川) - 홍류동 - 체필암(泚筆巖) -
음풍뢰(吟風瀨) - 칠성대(七星臺) - 분옥폭(噴玉瀑) - 낙화담(落花
潭) - 해인사

•9/22일 : 해인사 - 학사대(學士臺) - 백련암(白蓮菴) - 국일암(國一菴) - 원당
사(願堂寺) - 홍제암(弘濟菴)

•9/23일 : 홍제암 - 쌍계사

•9/24일 : 쌍계사 - 지례현(智禮縣) - 김천역

•9/25일 : 김천역 - 김산군 - 추풍역

•9/26일 : 추풍역 - 중모창(中牟倉) - 소실촌(少室村) - 관허촌(舘墟村)

•9/27일 : 관허촌 - 상현서원(象賢書院) - 법주사 - 복천사(福泉寺) - 동대(東
臺) - 복천사

- 9/28일 : 복천사 - 문장대(文莊臺) - 석문 - 중대(中臺) - 사자암(獅子菴) - 해후대(邂逅臺) - 복천사
- 9/29일 : 복천사 - 청천(靑川) - 화양동(華陽洞) - 환장암(煥章菴) - 사담(沙潭)
- 10/1일 : 사담 - 파곶(巴串) - 암서재(巖棲齋) - 가경촌(加耕村) - 괴산군
- 10/2일 : 괴산군 - 음성현(陰城縣) - 석원(石院)
- 10/3일 : 석원 - 우산(羽山) - 양지현(陽智縣)
- 10/4일 : 양지현 - 용인현(龍仁縣)
- 10/5일 : 용인현 - 판교 - 한강 - 숭례문 - 집

관련 작품 : 유람록 「남유기(南遊記)」

저자 : 김도수(金道洙, 1699-1733)

자는 사원(士源), 호는 춘주이며, 본관은 청풍(淸風)이다. 청풍부원군(淸風府院君) 김우명(金佑明)의 서손(庶孫)이다. 김우명은 현종(顯宗)의 장인으로, 송시열(宋時烈)과 같은 서인(西人)이었으나, 민신(閔愼)의 대부복상(代父服喪) 문제를 계기로 남인 허적(許積) 등에 동조하였던 인물이다. 그 뒤 남인 윤휴(尹鑴) 등과 알력이 심해지자 벼슬을 그만두고 두문불출하였다. 김도수는 음보(蔭補)로 금산군수(錦山郡守) 등을 역임하였다. 홍세태(洪世泰)·정래교(鄭來僑) 등의 위항시인(委巷詩人), 노론의 유척기(兪拓基), 남인의 채팽윤(蔡彭胤), 소론의 이덕수(李德壽) 그리고 승려에 이르기까지 신분이나 당색에 구애받지 않고 교유하였다. 저서로는 『춘주유고』가 있다.

김도수는 1727년 9월 당시 금산군수를 사임하고 한양으로 귀경하는 도중 두류산 외에도 가야산·속리산·화양동(華陽洞) 등을 유람하였다. 이때의 일정을 기록한 유람록이 「남유기(南遊記)」이며, 위 작품은 그 과정 중 두류산 유람에서 지은 것이다.

이 땅의 원기가
이곳에 다 모였구나

성사안의 유두류산

이 땅의 원기가 이곳에 다 모였구나

성사안成師顏의 유두류산遊頭流山

-정묘년(1807) 8월 16일, 칠곡의 종속을 모시고 종제 및 하평보(河平甫)·이자언(李滋彦)·최노주(崔老柱) 등과 함께 두류산에 올랐다. 그리고 내려와 쌍계사와 섬진강을 구경하고 돌아왔다. 119구의 오언고시를 지어 유람한 발자취를 기록했다. 丁卯八月十六日 陪漆谷從叔 從弟及河平甫·李滋彦·崔老柱 登頭流 因下觀雙溪 蟾江而歸 作五言一百十九句 以記遊賞之蹟云

젊어서 세상과 어울리는 기풍 없었지만	少無適俗韻
평소 산을 좋아하는 유람벽이 있었다네.	雅有丘山癖
곤궁하게 살아온 지도 어언 사십여 년	窮居四十載
마침내 속세의 일에 늘 얽매여 살았네.	遂爲塵事迫
우뚝한 저 방장산의 수많은 봉우리들	截彼方丈峰
웅장하게 영남과 호남을 진압하고 있네.	雄壓嶺湖域
바다 동쪽 우리나라에 삼신산이 있으니	海東三神山
선인들이 의탁하여 살고 있는 곳이라네.	仙人之所宅

그 옛날 우리 선조이신 부사옹[1]께서　　　昔我浮查翁

이 지리산을 세 차례 올라 구경하셨지.　　玆山三登矚

당시에 지은 시가 지금까지 남아 있어　　至今有詩什

선계의 유람이 어제 일처럼 완연하네.　　仙賞宛如昨

내 전부터 유람하고 싶은 소원을 품어　　余抱夙昔願

한번 가서 선조의 발자취 잇고 싶었네.　　一往嗣遺躅

마침 횡성에 가 계셨던 나의 종숙께서　　適我橫城叔

금년 가을 한양에서 집으로 돌아오셨네.　今秋歸自洛

지난해에는 금강산을 찾아 유람하여서　　去年觀金剛

시원하게 흉금의 회포를 드넓게 하셨지.　脩然豁胸膈

그때 남은 흥취 아직도 그치지 않아서　　餘興猶未已

제일 먼저 이 산에 가자고 앞장서셨네.　　首倡遊山約

유람에 동참한 노인과 젊은이 십여 명　　老少十餘人

표표히 소매 떨치고 신발을 마련했네.　　飄拂理芒屐

중추절이 들어 있는 가을 팔월 십육일　　中秋月旣望

날씨는 닦아낸 듯이 깨끗하기만 했네.　　天氣淨如拭

점심은 묘동[2]의 반점에서 먹었으며　　午喫妙洞飯

---

1 부사옹(浮查翁) : 성사안의 7대조 성여신(成汝信, 1546-1632)을 일컫는다. 부사는 그의 호이다.

2 묘동(妙洞) : 현 경상남도 진주시와 산청군 단성(丹城)에 '묘동'이라는 곳이 있었는데, 내용상 거리로 따져보면 단성의 묘동인 듯하다.

저물녘 덕천서원[3]에 들어가 묵었네.	暮向德院宿
주인이 아름다운 술상을 차려 왔는데	主人供美酒
산에서 난 홍시가 때마침 붉게 익었네.	山柿時方赤
다간[4]의 여막에 들러 위문을 했는데	過唁茶澗廬
집안의 형이 삼년상을 치르고 있었네.	族兄持孝服
그리고 불장암[5]에 들어가 투숙하니	仍投佛藏菴
돌길에다 경사진 곳이 매우 많았다네.	石路多傾仄
걸음걸음 바위 가에서 쉬다가 갔더니	步步憩巖畔
늙은 승려 나와서는 손님을 맞이했네.	老釋出禮客
밤에 사찰 누각에 앉아 달구경을 하고	夜坐禪樓月
술을 사 마시고 이태백처럼 취하였네.	買醉吸太白
아침 일찍 출발하여 정상에 오르려니	早發登山頂
암자 승려가 길안내 하겠다고 나섰네.	菴僧出路僕
밥을 지을 솥과 낫과 도끼를 가지고	持鐺與鎌斧
취사도구도 챙기고 식량까지 갖추었네.	齋饌具糧食
점심 때 순동촌에서 휴식을 취했는데	午憩順冬村
마을 뒤쪽 산이 매우 험준하기만 했네.	村後卽峻極

---

3 덕천서원(德川書院) : 현 경상남도 산청군 시천면 원리(院里)에 있다. 남명(南冥) 조식(曺植, 1501~1572)의 사후 4년 뒤인 1576년 이 지역의 유림에 의해 세워졌다.

4 다간(茶澗) : 현 경상남도 산청군 시천면 사리(絲里)를 말한다. 다간(茶磵)이라고도 하였다.

5 불장암(佛藏菴) : 현 경상남도 산청군 시천면 신천리 삼당마을 근처에 있던 암자이다.

앞으로 나아가 삼십 리쯤 오르고 나니 　前行三十里
앞에 보이는 것이 지척의 거리 같았네. 　所見如咫尺
심부름 하는 사람을 중산촌으로 보내 　遣人中山村
술을 사서 해질녘까지 오라고 하였네. 　沽酒趁日夕
밥을 먹고 재촉해 앞으로 나아갔는데 　乾飯催前登
옷섶을 끌어당기고 발걸음을 내딛었네. 　攝衣仍側足
굽이굽이 돌아 희미하게 길이 나있어 　佶曲微有逕
부여잡고 오르며 각자 힘쓰며 나갔네. 　攀躋各努力
넝쿨은 바위를 휘감아 구불구불하고 　藤蘿抱巖屈
삼나무 잣나무 하늘로 곧장 솟구쳤네. 　杉柏挿天直
앞에서 부르고 뒤에서 서로 호응하니 　前呼後相應
한번 잃어버리면 다시 찾기 어려웠네. 　一失難復覓
폭포를 만나 양치하고 씻기도 했으며 　遇瀑或嗽濯
바위를 만나 잠시 쉬어가기도 했다네. 　得石暫休息
협곡 길에는 청려[6]가 많기도 하여 　峽路多靑藜
숲을 헤치며 이리저리 찾기도 하였네. 　披林恣搜擇
그 나무를 깎아 지팡이로 만들었는데 　斲之以爲筇
오를 적에 허리와 다리를 의지하였네. 　登登倚腰脚

---

6 청려(靑藜) : 청려목(靑藜木) 또는 명아주라고도 한다. 지팡이 재료로 많이 활용되었으며, 이를 청려장(靑藜杖) 또는 명아주지팡이라 하여 애용하였다.

홀연 세존봉 밑을 지나가게 되었는데   忽過世尊峰
우뚝하게 솟구친 천 길의 절벽이었네.   屹立千丈壁
하늘 바람이 양쪽 소매로 불어오더니   天風吹兩袂
저녁나절 비로소 천왕봉에 올랐도다.   向晚始登陟
이 지리산 남방에 웅거하여 진압하니   維南一雄鎭
이 땅의 원기 이곳에 모두 모였다네.   元氣此鍾毓
우뚝하게 솟은 모습 견줄 산이 없고   峻拔無與齊
응축되어 엉킨 건 모두 바위덩어리라.   凝結皆巖石
사방을 돌아 봐도 모두 끝이 없으니   四望無邊畔
빙 두른 바다는 이루 헤아릴 수 없네.   環海不可測
서성이다가 봉우리 서쪽 끝에 기대어   徘徊倚西極
가물가물 서쪽으로 지는 해 바라봤네.   茫茫日欲落
운기는 다섯 가지 빛깔로 어지러운데   雲氣紛五彩
현란하게 움직임이 얼마나 찬란하던가.   炫轉何燿爍
둥글고 깨끗한 하나의 커다란 거울이   圓淨一大鏡
침몰하기도 하고 떠오르기도 하였네.   或沈又或躍
어느 곳의 변경인지 내 모르겠구나   不知阿那邊
약목7이 바로 그곳이 아니겠는가.   無乃是若木
잠깐 사이 붉은 빛이 어두워지더니   俄頃晦晶光

---

7 약목(若木) : 해가 뜨는 동쪽 바다에 있는 상상의 나무이다.

온 세상이 홀연히 적막해져 버렸네.　　　　天地忽寂寞

산기운이 어찌나 오싹하고 두렵던지　　　山氣何凜慄

해가 저무니 마음은 매우 불안했네.　　　向夕心危惕

승려들이 저녁밥을 지어 올렸기에　　　　闍梨供夕炊

바위에 깔고 각자 허겁지겁 먹었네.　　　藉石各頓喫

어둠이 드리울 무렵 중산촌 사람이　　　薄暮中山人

이곳까지 찾아오니 바로 친족이었네.　　來到是宗族

술이 없어 사서 오지 못했다 하기에　　　無酒不得賷

호걸스런 흥취가 반쯤은 위축되었네.　　豪興半瑟縮

산 위엔 풀로 만든 움막이 있었는데　　山上有草芟

지난 봄 관찰사가 다녀갈 때 만든 것.[8]　前春過巡伯

절벽에 의지해 나무 엮어 만들었으니　結木倚巖壁

그곳에 불을 지피고 쑥대자리 깔았네.　爇火籍蒿席

밤이 되자 바람이 홀연히 잠잠해져서　入夜風忽靜

옷이 얇은 것을 걱정할 필요 없었네.　　不嫌衣裳薄

새벽에 일어나 일월대 위에 올라서서　曉登日月臺

---

8 지난……것 : 이는 함안군수 남주헌(南周獻, 1769-1821)이 1807년 3월 24일부터 4월 2일까
지 9일 동안 경상관찰사 윤광안(尹光顔), 진주목사 이낙수(李洛秀), 산청현감 정유순(鄭有
淳)과 함께 지리산을 유람한 것을 일컫는다. 이때의 유람을 기록한 것이 남주헌의 「지리산
행기(智異山行記)」이다. 이들의 유람 코스는 성사안과 반대로 하동 쌍계사와 신흥동을 둘
러보고 천왕봉에 오르는 일정이었는데, 이때 관찰사 일행의 유숙을 위해 천왕봉 언저리에
임시 숙소를 많이 지었다고 전한다. 성사안의 유람은 대여섯 달 뒤 가을에 있었던 것이다.

붉은 해가 떠오르는 것을 보려 했네.   欲看出紅旭
갖가지 형상 모두 형상하기 어려우니   萬狀俱難象
한데 엉킨 건 나누어지기 전의 모습.   鴻濛未分析
시간이 지나도 일출을 볼 수 없었으니   移時不見日
자욱하게 온 천지가 구름에 덮여서라.   翳翳皆雲色
모두들 둘러앉아 아침밥을 먹은 뒤에   團坐喫早飯
남은 식량 싸 가지고 행장을 꾸렸다네.   裹餘仍裝束
남쪽으로 칠불암을 향해서 내려가는데   南下七佛路
산길이 높은 봉우리 등성이로 나 있네.   路出高峰脊
층층의 바위는 입을 벌려 문이 되었고   層巖呀作門
위태로운 잔도는 삼가 조심히 지났네.   危棧愼經歷
호랑이의 입과 사자의 목 같기도 한데   虎口與獅項
여정의 거리는 이정표⁹로 표시했었네.   道里以堠識
나무를 베어 위태로운 비탈길 열었는데   斬木開危逕
좌우로 수목을 베어낸 흔적이 많았다네.   左右多攘剔
알겠네, 이는 관찰사가 이 산에 왔을 때   知是巡相行
협곡의 백성들이 그 노역 감당한 줄을.¹⁰   峽民勞其役

---

9 이정표 : 원문의 '후(堠)'는 '정후(亭堠)'라고도 하는데, 길의 노정을 알리는 이정표로 휴게소 같은 곳을 말한다.

10 알겠네……줄을 : 남주헌의 「지리산행기」에 자신이 다스리던 '함양의 동암면(動巖面)과 마천면(馬川面) 백성들이 한창 봄일을 해야 할 때 이 일에 동원되어 고달팠을 것이다'고 안타까워하는 내용이 보인다.

내려갔다가 다시 곱절로 오르기도 하여　或降還倍陟
점심때가 되기 전에 모두 허기가 졌네.　未午皆枵腹
길 가에 샘이 하나 있는 것을 발견하고　道傍得一泉
갈증을 해소하고 다시 땀을 씻어냈네.　解渴仍洗滌
쉬면서 고달프고 허기진 배를 달래니　歇脚療苦飢
산 그림자가 벌써 서쪽으로 기울었네.　山陰已西昃
오른쪽으로는 벽수령[11]을 등지고서　右背碧樹嶺
남쪽으로 산기슭 바라보며 내려갔네.　南望下山麓
앞으로 나아가다 삼조암을 만났는데　前得三助巖
산이 다하여 새끼줄 매달아 놓은 듯.　山盡如懸索
길가의 주점에 들어가 잠시 쉬면서　入憩路上店
술을 사서 큰 술잔에 따라 들이켰네.　買酒仍大酌
그리고는 칠불암에 대해 물어봤더니　仍問七佛菴
아직도 십오 리나 더 남았다고 하네.　十五里猶隔
지나온 길에 남은 거리를 합해 보니　通計所經道
칠불암까지 일백여 리에 가깝구나.　至寺幾近百
그러나 여기서 그만둘 수가 없으니　然且不可止
층층 탑같은 산길에 박차를 가했네.　層塔更加策
간신히 범왕사[12]에 도착하였는데　及至梵王寺

---

11 벽수령(碧樹嶺) : 현 벽소령을 가리킨다.

길은 혼미하고 날은 이미 어두웠네.　　　　　　　　路迷光已黑

마을 사람들이 햇불 들고 안내하여　　　　　　　村人持火導

조금씩 나아가니 길은 더욱 좁았네.　　　　　　寸進逕愈窄

칠불암 절간 문을 똑똑 두드리는데　　　　　　剝啄寺門外

종소리는 그쳤고 시각은 적막하였네.　　　　　鍾歇時寂寂

승려가 나와 나그네를 맞아 앉히고　　　　　　菴僧延客坐

음식을 차려 내오니 매우 담박했네.　　　　　飯饌供澹泊

나자빠지듯 다리 펴고 누워 잤는데　　　　　　頹然伸脚臥

새벽녘 석경소리 사람을 일깨웠네.　　　　　　晨磬喚人覺

승려 중 이기(以基)라는 자가 있어　　　　　　僧有以基者

옛 명승의 유적 가리키며 보여줬네.　　　　　指示古勝跡

이 산에는 옥부대[13]라는 대가 있어　　　　山有玉鳧臺

옛날 선인[14]이 피리 불던 곳이라네.　　　　仙人昔吹笛

또 신라시대 일곱 명의 왕자[15]들이　　　　新羅王七子

소문 듣고 찾아와서 불교를 배웠네.　　　　尋聲來學釋

어머니가 찾아와도 만나지 않았으니　　　　母來不得見

---

12 범왕사(梵王寺) : 현 하동 칠불사에 못 미쳐 범왕리에 있던 사찰인 듯하다.

13 옥부대(玉鳧臺) : 한자를 '옥부대(王釜臺)·옥부대(玉府臺)·옥부대(玉浮臺)'라고도 달리 쓰고, 옥보대(玉寶臺)라고도 한다. 신라사람 옥보고(玉寶高)가 이 산에 들어와 득도하고 항상 이 대에서 노닐었기 때문에 그렇게 이름한 것이라고 전한다.

14 선인(仙人) : 옥보고를 가리킨다.

15 신라시대……왕자 : 대개 가락국의 시조인 김수로왕의 아들이라고 전한다.

영지¹⁶는 여전히 옛 모습 그대로라.	影池尙依昔
그 당시에 만들었다는 저 아자방은	其時亞字房
지금까지 한 번도 고치지 않았다네.	至今無改易
절의 누각에 올라가 이름을 쓰고는	題名寺樓上
해가 기울어 골짜기를 빠져나왔네.	日晏出洞壑
청산의 협곡으로 폭포는 쏟아지고	靑山夾瀑流
개암나무 밤나무 사이 소나무 잣나무.	榛栗間松柏
십 리를 내려오자 신흥사가 있었는데	十里有神興
앞의 수석이 더욱 기이하고 특별했네.	水石尤奇特
시내에는 최고운¹⁷이 남긴 자취 있어	孤雲有遺蹟
천 년 후에 뉘라서 그 뒤를 이을 런지.	千載更誰續
세이암¹⁸이라 새긴 세 글자의 석각은	洗耳巖三字
완연히 드러나 이끼조차 끼지 않았네.	宛轉苔不蝕
물속에는 돌 단지 모양의 구멍 두 개	水中雙石甕
위로는 뚫렸는데 옆으로는 틈도 없네.	上谽無傍隙

---

16 영지(影池) : 현 하동 칠불사 앞에 있던 연못 이름이다. 김수로왕의 일곱 아들이 칠불사로 출가하여 성불하자, 어머니 허황후(許皇后)가 아들을 보기 위해 찾아왔다. 일곱 아들은 직접 만날 수 없고 사찰 앞 연못에 그림자를 비치게 하여 어머니 마음을 위로하였다. 그래서 칠불의 그림자가 비친 연못이라 하여 '영지'라 부르게 되었다고 전한다.
17 최고운(崔孤雲) : 최치원(崔致遠)을 일컫는다. 고운은 그의 호이다.
18 세이암(洗耳嵒) : 신흥사 앞 계곡 바위에 새긴 석각으로, 최치원의 글씨라고 전한다. 그가 세상사를 들은 귀를 씻은 곳이라는 의미이다.

승려들이 하는 말이 김칫독으로 쓰면   僧言沈菁食

맛이 좋아 견줄[19] 것이 없다고 하네.   味甘無與適

절간은 새로 잘 지은 것이 많았는데   梵宇多新巧

그것은 근년에 화재를 만났기 때문.   近年經回祿

불전의 현판이 극락전이라 걸렸는데   殿牓極樂號

글체가 한비[20]나 촉본[21]보다 가볍네.   字體輕韓蜀

다시 십 리의 길을 더 내려왔더니   又下十里路

쌍계사라는 현판이 걸려 있었네.   雙溪寺揭額

승려의 방이 좌우로 나열되어 있고   僧房列左右

불전은 얼마나 휘황하고 찬란하던지.   佛殿何輝爀

누각 앞에 진감선사의 비석이 있는데   樓前眞鑑碑

최고운이 글씨를 쓰고 지은 것이라네.   孤雲書又作

이 절에는 최고운의 초상도 있었는데   又有孤雲像

신선 풍골에 시원한 눈을 하고 있었네.   仙風爽人目

밤이 되어 달빛 비친 선방에 누웠더니   夜臥禪月下

마음이 담박해져 깨닫는 바가 있는 듯.   心淡如有得

지금까지도 남은 아쉬움이 있다면   到今有遺恨

---

19 견줄 : 원문의 '적(適)'은 '적(敵)'의 오자인 듯하다.

20 한비(韓碑) : 중국 당나라 때 한유(韓愈)가 지어 새긴 「평회서비(平淮西碑)」를 가리키는
    듯하다.

21 촉본(蜀本) : 중국 송나라 때 촉 땅에서 새긴 판본으로, 글자가 크다고 한다.

청학봉 백학봉에 오르지 못한 것.	不得登雙鶴
길을 떠나 화개 시장에 다다르니	行到花開市
영남과 호남 경계가 비로소 열렸네.	兩南境始闢
산천이 모두 깨끗하고 아름다우며	山川俱明麗
호수는 맑고 또 푸르기만 하였네.	湖水清且綠
술을 마시자 가슴속이 활달해지고	飲罷胸襟闊
앞길은 평평한 땅으로 통하였구나.	前路通平陸
그리하여 악양현으로 향해 가니	仍向岳陽縣
악양팔경²²이 다 분명하게 보였네.	八景俱的的
저물녘 하양부²³에 들어가 묵었고	暮宿河陽府
아침에 나와서 상선을 구경하였네.	朝出觀商舶
바다와 육지 산물이 다 만나는 곳	水陸都會地
재화가 이곳으로 폭주를 하는구나.	貨財來湊輻
호숫가에 누각이 하나 서 있어서	湖上有一樓
상쾌하게 맑고 푸른 물을 굽어보았네.	蕭灑俯澄碧

---

22 악양팔경(岳陽八景) : '소상팔경(瀟湘八景)'라고도 한다. 현 경상남도 하동군 악양은 중국 호남성 악양현과 동명(同名)의 고장으로, 예로부터 중국의 전경을 모방한 유적이 많았다. 특히 인근의 소수(瀟水)와 상수(湘水)가 만나는 곳의 대표적인 여덟 개 경관을 '소상팔경' 이라 하였는데, 이때의 팔경은 '소상야우(瀟湘夜雨), 동정추월(洞庭秋月), 원포귀범(遠浦歸帆), 평사낙안(平沙落雁), 연사만종(烟寺晚鐘), 어촌석조(漁村夕照), 강천모설(江天暮雪), 산시청람(山市晴嵐)'을 말한다.
23 하양부(河陽府) : 현 경상남도 하동군 하동을 가리킨다.

다만 시가지가 가까운 게 흠이었고	但嫌城市近
주인이 없는 것도 애석할 만하였네.	無主又可惜
강가 여인은 작은 물고기 배를 가르고	江娥斫細鱗
작은 통엔 진주 같은 물방울 떨어지네.	小槽眞珠滴
일찍 남산촌의 한 집에 투숙했는데	早投南山村
주인이 기쁘게 나와서 맞이하였네.	主人欣出逆
술을 따라 오랜 갈증을 해소하고	酌酒慰久渴
아이를 불러 홍시를 따오게 했네.	呼童紅柿摘
그물을 들고서 앞 시내로 나가더니	携網出前溪
그물을 쳐서 은빛 붕어를 잡아왔네.	截水打銀鯽
조촐한 술자리에 안주를 얻게 되자	小飲隨得肴
서로 빼앗으며 장난질을 하였네.	相奪以爲謔
한밤중에 피를 토하는 병이 나서	夜間發嘔血
늙은 숙부 젊은 숙부 탈이 났네.	老叔與小叔
병든 두 나그네 몸을 조리하느라	調理二病客
이틀이나 더 머물다 출발하였네.	歸裝在再翌
귀로에 인천촌²⁴을 들르기도 하고	或訪仁川村
정수역²⁵에 가서 문안도 하였네.	或問旌樹驛

---

24 인천촌(仁川村) : 현 경상남도 하동군 북천면 서황리를 가리킨다. 이곳의 시내를 '인천'이라 하였다.
25 정수역(旌樹驛) : 현 경상남도 하동군 옥종면 정수리 정수마을에 있던 역원(驛院)이다.

동호사에서 모두 함께 모였다가	共會桐湖舍
저물녘에 수곡²⁶으로 돌아왔네.	乘暮歸水谷
이번 산행 매우 기이하고 절묘하여	玆行甚奇絶
기록하지 않을 수가 없노라.	不可無記錄
정묘년의 국화 피는 구월이요	赤兎黃花節
날짜는 초이튼날이라네.	日在旁死魄

출전 : 『금계집(琴溪集)』 권1, 「유두류산(遊頭流山)」

일시 : 1807년 8월 16일 – 8월 22일

동행 : 종숙(從叔)과 노소 십여 명

일정 : • 16일 : 진주 – 묘동(妙洞) – 덕천서원 – 불장암(佛藏菴)
      • 17일 : 불장암 – 순동촌(順冬村) – 세존봉 – 천왕봉
      • 18일 : 천왕봉 일월대 – 삼조암(三助巖) – 범왕사(梵王寺) – 칠불암
      • 19일 : 칠불암 – 옥부대 – 영지 – 신흥사 – 쌍계사 – 화개 – 악양 – 남산촌(南山村)
      • 20일 : 남산촌
      • 21일 : 남산촌
      • 22일 : 남산촌 – 인천촌(仁川村) – 정수역(旌樹驛) – 동호사(桐湖舍) – 수곡(水谷)

---

26 수곡(水谷) : 현 경상남도 진주시 수곡면을 가리킨다.

저자 : 성사안(成師顔, 1762-1820)

자는 경묵(景默), 호는 금계(琴溪), 본관은 창녕이다. 남명(南冥) 조식(曺植)의 문인 부사(浮查) 성여신(成汝信)의 7대손이다. 현 경상남도 진주시 수곡(水谷)에서 태어났다.

성정이 담박하고, 젊어서부터 이해득실의 일에 얽매이지 않았다. 집안의 생계에는 애쓰지 아니하고 시서(詩書)에만 힘써 정진했다. 나이 사십에 과거 보는 것을 단념하고 후진 양성을 자신의 책무로 삼아 힘쓰니, 와서 배우는 자가 많았다. 문학과 행의로 세상에 추중(推重)을 받았다. 특히 사십 세 때 지은 「자경잠(自警箴)」과 오십 세에 지은 「만회잠(晚悔箴)」이 유명하였다. 저술로 『금계집』이 있다.

쌍계동은 인간세상과 같으리

하진현의 총부쌍계유장편

쌍계동은 인간세상과 같으리

하진현河晉賢의 총부쌍계유장편總賦雙溪遊長篇

산을 찾는 데도 참된 분수 있으니	尋山有眞分
이번 유람 몇 년이나 꿈꾸었던가.	此行營幾年
약속하지 않고 서로 만나게 되어	不謀相邂逅
그래서 함께 유람을 하게 되었네.	仍與共盤旋
하동 땅에선 말을 타야 한다더니	河城夙言駕
새벽 북소리 문득 둥둥 울려오네.	晨鼓忽淵淵
일어나 고주시[1]를 읊조리고서	起唱孤舟詩
현인 일두 선생을 생각해 보았네.	追思一蠹賢
붉은 지팡이를 모여서 함께 짚고	丹黎鳩幷曳

---

1 고주시(孤舟詩) : 정여창이 지리산을 유람한 뒤 섬진강에 배를 타고 내려올 때 지은 「악양 (岳陽)」을 말한다. 내용은 다음과 같다. "냇가의 버들잎은 바람결에 한들한들, 사월의 화개 땅엔 보리 벌써 익었네. 두류산 천만 겹을 두루 다 보고나서, 조각배 타고서 큰 강 따라 내려가네[風蒲泛泛弄輕柔 四月花開麥已秋 看盡頭流千萬疊 孤舟又下大江流]"

백발 머리로 학처럼 돌아보았네.　　　　白髮鶴同翩
벼와 콩이 들판에 풍성히 자라고　　　　禾豆富郊隴
바람과 해는 강 하늘에 따뜻하네.　　　風日暖江天
문씨 어른과 이 늙은이 하씨는　　　　　文丈及河叟
마음과 외모가 옛 사람인 듯했네.　　　心貌古人然
극경(克卿)²과 인언(仁彦)³은　　　　　克卿與仁彦
말과 행동이 곳곳에서 원만했네.　　　言動隨處圓
성씨와 곽씨의 두 아름다운 선비　　　成郭兩佳士
서각을 태워 비추듯 명약관화했네.　　明炯若犀燃
유장⁴은 모두 뜻을 꺾지 않았고　　　　儒章百不挫
치서⁵는 한결같이 편의를 따랐네.　　　致瑞一從便
어찌 꺼려하랴, 지취를 달리하는 걸　　何妨異志趣
각자 산천을 사랑하기 때문이라네.　　各自愛山川
가을바람이 강남 지방에 불어올 제　　秋風動江國
나이 든 노년에 작은 배에 올랐네.　　長年艤小船
마치 천상의 자리에 앉아 있으면서　　依如天上坐
도리어 술 취한 신선이라도 된 듯.　　還作飮中仙

---

2 극경(克卿) : 성택모(成宅模)의 자(字)인 듯하다.
3 인언(仁彦) : 권우중(權友中)의 자인 듯하다.
4 유장(儒章) : 박용연(朴龍淵)의 자이다.
5 치서(致瑞) : 하봉운(河鳳運, 1790-1843)의 자이다. 호는 죽헌(竹軒)이다.

호남과 영남이 강물로 인해 나뉘고   湖嶺分水外
화개와 악양이 배 앞으로 나타나네.   花岳出帆前
물가에 내려 서로 돌아보고 웃는데   下渚相顧笑
먼저 언덕에 오르는 이는 누구던고.   何人登岸先
골짜기가 깊으니 점점 더 신비롭고   谷深轉窈窕
물이 떨어져서 절로 맑고 신선하네.   水落自澄鮮
쌍계는 인간이 사는 속세와 같은데   雙溪猶下界
기운 해가 높은 산꼭대기에 걸렸네.   斜日最高巔
다리를 건너자 해 그림자 어른어른   過橋天影閃
나무 잡고 바위 벼랑을 따라 갔네.   攀木石崖緣
청학봉 백학봉에 청학은 있는 겐지   兩峰鶴有無
청학 백학이 그 위를 선회하는 듯.   靑白若翩躚
운무가 항상 자욱하게 덮고 있으며   香霧日常翳
옥 같은 물이 밤새도록 흘러내리네.   玉井夜長涓
바람은 마음과 뼛속까지 불어 가고   風籟透心骨
별과 해는 정수리와 어깨에 닿을 듯.   星日逼頂肩
솔잎과 갈근을 먹고 살지 않는다면   苟不啖松葛
머물러 살 만한 계책이 없을 것이라.   無計可留連
이곳에 사는 승려 길 안내에 익숙해   居僧慣前導
덤불 헤치며 언덕 모서리를 분변하네.   披棘辨陂偏
이 산이 선계와 속계를 갈라놓았으니   此山隔仙凡
어디에서 밥 짓는 연기가 피어나는가.   何處起炊煙

사람들 하는 말에, 노씨 성의 처사가   人言盧處士
이 산에 은거해 시냇가에 산다 하네.   考槃在澗邊
애석하게 세 가지 큰 구경 어긋나서   惜違三觀大
한 폭의 시를 지어서 남겨 두었네.   留寄一幅聯
길을 떠나 신응동을 지나다가 보니   行過神凝洞
무너진 신응사⁶가 매우 안타깝네.   頹癈正堪憐
시든 잎이 우수수 떨어지는 보리수   搖落菩提樹
상전벽해처럼 흔적 없이 변한 절터.   蒼茫桑海阡
시내에 세이암이 있다고 들었기에   聞有洗耳岩
두리번거리며 목을 늘이고 찾았네.   望望頸稍延
오랜 세월 남아있는 세 글자 각자   萬劫留三字
한 획이 큰 서까래만큼이나 크구나.   一畫如大椽
시냇가엔 상수리와 밤나무가 뒤섞여   緣溪雜橡栗
용맹한 자만이 뚫고 들어갈 수 있네.   賈勇得貫穿
험난한 길 돌아 칠불암에 도착하니   艱關到七佛
아침 해가 벌써 서쪽 하늘에 걸렸네.   朝日已西懸
이런 풍광은 세상에 다시 없으리니   靈境世無二
사찰 지어 어언 천 년이 지났다네.   仙構年歷千

---

6 신응사(神凝寺) : 현 경상남도 하동군 화개면 신흥리에 있었던 절이다. 신흥사(神興寺)라
고도 한다.

푸른 녹차는 승려에게 달이게 하고	青茗呼僧煮
노란 국화는 손님 맞아 방긋 웃네.	黃花待客妍
그 중에 아자방을 만들어 놓았는데	中房成亞字
온돌구들이 교화의 권능을 압도하네.	通突奪化權
높고 낮은 곳 한결같이 온기 돌아	高低一體溫
모서리에서도 잠을 잘 수 있다네.	隅角幷容眠
도보로 걸어서 옥보대에 올라보니	步上玉浮臺
낙엽이 떨어져 양탄자처럼 쌓였네.	紅葉落成氈
속세 흉금은 문득 다 벗어버리고	塵襟忽蟬蛻
신선흥취는 고치실 끌어당기는 듯.	仙興若絲牽
더는 이보다 나은 명승 없으리니	更無他勝地
지금부터 유람하지 않아도 좋으리.	從此可休鞭
하나하나 다니며 본 모든 경관을	歷歷輸千景
분명하게 이 한 편에 다 기록했네.	昭昭揭一篇

작품
개관

출전 : 『용와집(容窩集)』권1, 「총부쌍계유장편(總賦雙溪遊長篇)」

일시 : 자세하지 않다.

동행 : 성택모(成宅模), 권우중(權友中), 박용현(朴龍淵), 하봉운(河鳳運), 기타 문
씨·곽씨 등

일정: 하동 – 악양 – 화개 – 쌍계사 – 신응동 – 칠불암

저자: 하진현(河晉賢, 1776-1846)

자는 사중(師仲), 호는 용와(容窩). 본관은 진양(晉陽)이다. 현 경상남도 진주시 수곡면 사곡리(士谷里)에서 태어났다. 증조부는 하윤청(河胤淸), 조부는 하달중(河達中), 부친은 함와(涵窩) 하이태(河以泰)이고, 외조부는 함양박씨(咸陽朴氏) 박세현(朴世炫), 처부는 영일정씨(迎日鄭氏) 정필익(鄭必益)이다. 남명학맥의 연원을 이은 수곡의 진양 하씨(晉陽河氏) 후예이다.

남계(南溪) 이갑룡(李甲龍)의 문하에서 수학하였다. 과거시험에 응시하였으나, 한 권력자가 뇌물을 요구하자 과거를 단념하고 수신과 학문 연구에 진력하였다. 입재(立齋) 정종로(鄭宗魯), 정재(定齋) 유치명(柳致明) 등과 교유했으며, 인근의 남고(南皐) 이지용(李志容), 오연(梧淵) 김면운(金冕運) 등과도 서로 질정하며 왕래하였다. 만년에 사곡에 사산초당(士山草堂)을 짓고 학문에 정진하였다. 저술로『용와집』이 있다.

명산에서 나는 것은
모두 보배롭고 기이해라

문정유의 방장산장가행

명산에서 나는 것은
모두 보배롭고 기이해라

문정유文正儒의 방장산장가행方丈山杖歌行

신령스런 방장산이 남쪽지방을 진압하여　　　　方丈神山鎭火維
일만오천 길의 높은 봉우리 우뚝 솟았네.　　　　一萬五千仞嶕峯
두무산과 개골산이 상하 우열을 다투고　　　　頭無皆骨相伯仲
신령해 삼신산에 들지만 웅장함은 최고라.　　　　靈怪參三雄第一
기나무 장나무 남나무 가래나무 다 있고　　　　杞樟枏梓無不有
영지와 산호와 인삼과 삽주[1]도 난다네.　　　　紫芝靑琅與蔘朮
흰 사슴 울어대고 검은 학이 우는 소리에　　　　白鹿呦呦玄鶴唳
각종의 기이한 산물 다 기술하기 어렵네.　　　　種種奇産難具述

---

1 삽주 : 국화과에 속하는 여러해살이풀로, 산과 들 등에서 잘 자란다. 높이는 50cm 정도, 잎은 달걀 모양의 타원형이다. 어린잎은 먹으며, 뿌리는 한방에서 백출 또는 창출이라 하여 약재로 사용한다.

산에서 버티고 지탱해 줄 지팡이 만드니	山中柱持採一杖
푸른 옥빛 바탕에 등나무 같은 재질이라.	綠玉其資蒼藤質
바위틈에 서려 산 지 몇 년이나 되었는지	蟠生石罅不知年
위아래는 균일하고 중간은 견고하구나.	上下均適中堅實
그 무늬 알록달록 마치 조각하여 새긴 듯	其文班駁似彫鏤
시냇가의 복사나무 대나무와 같지 않네.	浣溪桃竹等未必
몇 통의 진중한 편지 멀리 내게 부쳐와	數書珍重遠寄我
비단 열 필이나 주고 비싸게 마련했네.	勝貝百朋綺十匹
울퉁불퉁하면서도 곧게 뻗은 지팡이	扤枒碨砢又挺直
보는 이들 예사로 여겨서 분변하기 어렵네.	觀者尋常辨莫悉
명산에 나는 것들 모두 보배롭고 기이하니	名山植物儘瓌奇
마가목² 아니어도 진귀한 것이 많을 듯하네.	若非馬家疑栗栗
교룡이나 늙은 이무기 예쁜 사람 좋아하니	神蛟老螭善倩人
음험한 곳 지나치다 잘못 실수할까 두렵네.	行過幽險恐見失
내 추풍에 산과 바다로의 유람 약속 있어	我有秋風海山約
절룩거리는 노새 이끌고 떠날 수 있었네.	提攜可幷蹇衛出
동쪽으로는 발해, 북쪽으론 불함산³까지	東臨渤海北不咸

---

2 마가목 : 원문의 '마가(馬家)'는 한자를 '마가(馬價)·마가(馬櫃)·마가(馬架)'라고도 쓰며,
정공등(丁公藤)이라고도 한다. 능금나무과의 활엽수로, 높이는 5-10m이며 5-6월에 흰 꽃
이 핀다. 지팡이 재료로 쓰이며, 껍질과 열매는 약용으로 쓰인다. 특히 지리산에서 많이
자란다.

3 불함산(不咸山) : 백두산의 또 다른 이름으로, 태백산(太白山)·백산(白山)이라고도 불렸다.

가파른 돌길 경사진 벼랑 걱정할 것 없네.

危礚敧崖不足恤

수석주인⁴처럼 강가 구름 속에 은거하면

漱石主人臥江雲

속물은 난초향기 나는 방안에 머물지 않으리.

俗物不曾留蘭室

좌우에 책을 쌓아두고 넉넉히 한가롭게 살며

左圖右書有餘閒

자색 노을 붉은 단사로 마음껏 실컷 노닐리.

紫霞丹砂恣遊佚

어제 내 청량한 곳 찾는 길 차례로 방문하여

昨我歷訪淸凉路

상쾌하고 맑은 흥금 기약하며 소슬히 보냈네.

襟期爽朗居蕭瑟

물 맑고 모래 깨끗해 속세 생각이 없어지니

水明沙淨無塵想

검은 안석에 기대 숨은 천하의 일민이로다.

烏几坐隱天民逸

아직도 내 지팡이 찾는 결벽증이 하나 있어

尙有一癖覔我杖

선생이 친히 쓴 친필과 바꾸고자 한다네.

要換先生親手筆

산음 땅의 환아정⁵은 그 풍류가 넉넉한데

山陰換鵝風流足

이 일을 어찌 하물며 더욱 진솔하게 하리오.

此事何況尤眞率

돌아온 뒤에도 산은 길고 냇물도 겹겹인데

歸後山長又水重

매화가지 꺾어 부칠 진천의 역사 못 만났네.⁶

折梅未逢秦川馹

---

4 수석주인(漱石主人) : 중국 진(晉)나라 때 손초(孫楚)를 가리킨다. 그가 자신의 은거생활을 "흐르는 물을 베게로 삼고, 돌로 양치질을 하련다.[枕流漱石]"라고 한 말을 줄여 쓴 것이다. 『세설신어(世說新語)』에 보인다.

5 환아정(換鵝亭) : 조선시대 산음현 객사 후원에 있던 정자의 이름이다. 산음은 현 경상남도 산청의 옛 이름이다. 중국 동진(東晉) 때 왕희지(王羲之)가 절강성 소흥 산음현에 부임하여 그곳에서 거위를 기르는 도사에게 『황정경(黃庭經)』 한 부를 써주고 거위와 바꿔왔다는 고사를 취해 이름하였다. 몇 번의 중건을 거쳐 근세까지 유지되었으나 1950년 화재로 소실되었다.

밝고 신령한 무소의 뿔[7] 굳이 막지 않아도	烱然靈犀獨不阻
간절히 생각하니 어찌 하루라도 잊었으리.	念念何嘗忘一日
우리들이 공연스레 허락한 것 아닐 뿐이니	吾儕不徒然諾已
간곡히 권하고 아교처럼 정의가 합치되기를.	切偲且期膠投漆
우리 교유 응당 깊어 즐거움도 긴밀했으나	做去應深喫緊樂
작별 후에는 늙고 병들지 않음이 없으리라.	別後莫無臨衰疾
전날 바람을 쏘일 적에 기대 있던 바위들	前日臨風付石兄
아직 편지를 받지 못해 더욱 더 슬프도다.	未奉來緘增惕怵
오늘 아침에 인편 있어 지팡이를 보냈는데	今朝有使寄扶老
훗날 도리어 꾸지람 받을까 두렵기만 하네.	後時還恐遭呵叱
용문의 노련한 사관[8], 그는 어떤 사람인가	龍門老史彼何人
그대에게 청하니 여기서 유람을 마치시게.	請君從此壯遊畢
예전에는 그대 집이 있는 소금강에서부터	先自君家小金剛
기둥 위로 태백산이 높다랗게 우뚝했겠지.	柱上太白高屼崒

---

6 매화가지……만났네 : 남북조시대 남조 송나라 사람 육개(陸凱)가 강남에 살 때 교분이
  두터웠던 범엽(范曄)에게 매화 한 가지를 부치면서 「증범엽(贈范曄)」이란 시를 지었는데,
  그에 이르기를 “매화가지 꺾다가 역의 아전을 만나, 농두 사는 그대에게 부친다오.”[折花
  逢驛使, 寄與隴頭人]라고 하였다. 여기서는 ‘그리운 벗에게 소식을 전할 길이 없다’는 뜻
  으로 쓰였다.
7 무소의 뿔 : 무소의 뿔 가운데에 실처럼 생긴 흰 문양이 있어 두 뿔의 끝으로 곧장 연결되
  었고, 무소는 이 때문에 영민하다고 전한다. 후에 두 사람의 마음이 서로 통한다는 비유로
  쓰인다.
8 용문(龍門)의……사관 : 사마천(司馬遷)을 가리킨다. 사마천은 중국 용문에서 성장하여
  강호를 두루 유람하였다.

위로는 찬란히 비추며 선회하는 별을 따고	上摘星辰爛昭回
아래로는 일렁이며 솟는 황지를 굽어보았네.	俯瞰潢池中盪潏
나와 함께 남쪽으로 방장산 선경을 찾아 가	與我南尋方丈仙
대낮에 하늘로 날아오르는 신선술을 들었네.	共聽白日飛升術
그 심정 글로 표현해 마음껏 시를 읊었으니	發爲章章恣吟弄
선현들의 형산 기행[9]과 우열을 다투리라.	衡岳紀行相甲乙
삼가 속세 사람에게 가벼이 보이지 말게나	愼勿輕示紅塵客
길을 잃고 건너뛰면 시기와 질투 많으리니.	迷途躐級多猜嫉
어둠 속에서 길 찾는 맹인도 좋아할 만하니	可愛昏衢擿埴人
문 앞에 찾아왔다고 휘둘러 내치지 말게나.	來到門墻莫揮出
공자의 육척 지팡이와 같아지기를 바라노니	願同宣尼六尺杖
곧장 성인 문하에서 홀로 비전을 받으리라.	直受聖門單傳密

9 선현들의……기행 : 당나라 때 한유(韓愈), 송나라 때 주희(朱熹) 등이 중국의 남악(南嶽)인 형산을 유람한 것을 가리킨다.

출전:『동천집(東泉集)』권1, 「방장산장가행(方丈山杖歌行)」
일시: 자세치 않다.
동행: 자세치 않다.
일정: 자세치 않다.

저자: 문정유(文正儒, 1761-1839)

자는 경명(景明), 호는 동천(東泉), 본관은 남평(南平)이다. 현 경상남도 합천에서
활동하였다. 매죽(梅竹) 문익형(文益亨)과 옥동(玉洞) 문익성(文益成)의 후예이다.
조부는 문계동(文啓東)이고, 부친은 문범성(文範成)이다. 약관에 대산(大山) 이상
정(李象靖, 1711-1781)의 문하에 나아가 배웠으며, 유범휴(柳範休)·김종섭(金宗
燮)·최화진(崔華鎭)·이야순(李野淳)·강세백(姜世白)·유심춘(柳尋春) 등과 교
유하였다.

1784년 과거시험으로 인해 부친의 임종을 지키지 못한 것을 부끄럽게 여겨 과거공부
를 단념하였다. 형제간의 우애와 화목을 중시하였고, 자금(資金)을 출자하여 얻은
이익은 어려운 일족(一族)의 봉제사와 자손들의 혼사 비용으로 쓰게 하였다. 만년에
동천정사(東泉精舍)를 지어 후진을 교육하였으며, 저술로『동천집』이 있다.

이 산은 선현과 함께
천추에 전해지리

권정용의 방장산

이 산은 선현과 함께 천추에 전해지리

권정용權正容의 방장산方丈山

푸른 바다에 산이 있어 어찌나 높고 높은지   青海有山何嵬嵬
만고도록 맑은 기운 쌓여 열어놓지 않았네.   萬古淑氣積不開
높은 봉우리는 우뚝 솟아 해와 달을 받치고   上峰軒豁浮日月
낮은 봉우리는 어둑어둑 바람우뢰 뿜어내네.   下峰晦暝吼風雷
이 산에서 은하까지 겨우 다섯 자 거리인데   此去霄漢才尺五
우뚝 솟아 진압하며 하늘 기둥이 되었구나.   屹然鎭壓作天柱
신령들이 아끼고 감추어 세상을 초탈하였고   鉅靈慳秘超黑壤
물산들이 다투어 나오니 현포¹에 접한 듯.   寶産競興接玄圃
그 속에 붉은 얼굴 푸른 머리의 노인 있어   中有紅顔綠髮翁
학과 난새 타고서 구름 속으로 날아오르네.   飛鶴彩鸞沖雲中

---

1 현포(玄圃) : 중국 전설 속 신산(神山)인 곤륜산(崑崙山) 정상에서 신선이 사는 곳을 일컫는다.

내 가서 따르며 선계의 지결 받들고자 하니　　　　我欲往從受丹訣
하늘가로 구불구불하여 한 길로만 통하누나.　　　天畔屈曲一路通
새벽엔 천왕봉 위로 올라가 눈길을 걸었고　　　　曉行天王峯上雪
저녁엔 화개동으로 내려와 바람을 쐬었네.　　　　暮穿花開洞裏風
협곡 길이 너무 험해 산에서 해가 저물고　　　　　峽道百艱山日黑
말도 노복도 지쳐 길게 탄식할 뿐이로다.　　　　　馬瘏僕痡長歎息
반 이랑의 밭떼기는 이미 황량해졌으리니　　　　　半畝園田已荒穢
얼른 돌아가서 부지런히 농사를 지어야지.　　　　　早早歸去服力穡
우리 집도 방장산 안에 들어앉아 있으니　　　　　　吾家亦在方丈內
기거하고 생활하면서 항상 마주 대하네.　　　　　　起居飮食與相對
책판 향기 문에 비쳐 두건 의복 향기롭고　　　　　業芬暎戶香巾服
푸른 산빛 책상에 들어 마음을 맑게 하네.　　　　　暖翠入床淸肝肺
좁은 땅에 구경거리 많음을 안 지 오래고　　　　　久知壯觀多蠂域
큰 산이 자라 등에 실린 것² 앉아서 보네.　　　　　坐看巨物載鰲背
일두³와 남명⁴ 옛 현인들을 생각하노니　　　　　　憶昔蠹冥諸先賢
그 이름이 이 산과 함께 천추에 전해지리.　　　　　名與此山千秋傳
손을 씻고 그 분들의 유람록을 일독하노니　　　　盥手一讀頭流錄

---

2 자라……것 : 일설에 바다 속 여섯 마리 자라가 머리로 삼신산을 이고 있다고 전한다.
　여기서는 삼신산의 하나인 방장산을 가리킨다.
3 일두(一蠹) : 정여창(鄭汝昌, 1450-1504)의 호이다. 자는 백욱(伯勗), 본관은 하동이다.
4 남명(南冥) : 조식(曺植, 1501-1572)의 호이다. 자는 건중(健仲), 본관은 창녕이다.

사람들은 보이지 않고 산색만 푸르러구나.   但見山色蒼蒼然

作品
槪觀

출전: 『춘파고(春坡藁)』 권상(卷上), 「방장산(方丈山)」
일시: 미상
일정: 자세치 않으나, 천왕봉으로 올라 하동 청학동으로 하산하였다.

저자: 권정용(權正容, 1874-1899)
자는 문중(文中), 호는 춘파(春坡), 본관은 안동이다. 안분당(安分堂) 권규(權逵)의
11세손이다. 안분당은 남명 조식과 퇴계(退溪) 이황(李滉)의 벗이며, 명종연간 유일
(遺逸)로 천거되었던 인물이다. 그의 5세조 남창(南窓) 권흔(權俒)은 대산(大山) 이
상정(李象靖)의 문하에서 수학하였다. 경상도 함양 외가에서 태어났다.
10여 세에 이미 시를 지어 사람들을 놀라게 하였고, 당시 문장으로 명망이 높던 외조
부 하석문(河錫文)의 칭송을 받았다. 하석우(河錫禹)·이병헌(李炳憲)·김중호(金
仲鎬)·노홍현(盧興鉉) 등과 절친하였다. 이후 경상도 단성으로 옮겨 살았고, 당시
그곳에 귀양을 와 있던 회당(晦堂) 이성렬(李聖烈)과 교유하였다. 이후 한양에 가서
노닐다가 갑오경장(1894)의 조짐을 보고는 함양으로 옮겨 가서 두문불출하였다. 저
술로 『춘파고』가 있다.

천만 겹의 아름다운 지리산이
내 마음에 펼쳐져 있네

최병호의 지리산기영

천만 겹의 아름다운 지리산이
내 마음에 펼쳐져 있네

최병호崔炳祜의 지리산기영智異山紀詠

우리나라 명산은 다 헤아릴 수도 없는데   東國名山不可數

조종은 백두산으로부터 면면이 이어졌네.   祖自白頭來聯綿

　-백두산은 함경도에 있다.『산해경』에 "불함산은 여진의 경계에 있다."고 하였다.
　　白頭山在咸鏡北　山海經云　不咸山在女眞界

개골산 봉래산이란 금강산은 바다 섬이고   金骨蓬萊出溟島

영주산이란 한라산은 바닷가를 빙 둘렀네.   漢拏瀛洲環海壖

　-금강산은 개골산이라고도 봉래산이라고도 부르며, 회양에 있다. 한라산은 영주산
　이라 부르는데, 제주에 있다. 金剛山　一名皆骨　號蓬萊　在淮陽　漢拏山　號瀛洲　在濟州

방장산이라는 지리산이 가장 이름났는데   頭流方丈最名著

이 삼신산이 동이에 있다 고사에 전하네.   三在東夷古史傳

　-지리산은 백두산의 지류가 흘러왔기 때문에 그렇게 부른다. 두보(杜甫)의 시에
　"방장산은 바다 밖 삼한 땅에 있다."고 하였는데, 그 주석에 "방장산은 대방군 남쪽
　에 있다. 대방국은 지금의 남원군이다."라고 하였다.『한서』에는 "천하의 명산이

여덟 개인데, 그 가운데 세 개는 오랑캐 땅에 있다."라고 하였다. 智異山 白頭支流故
云 頭流一名方丈 杜詩云 方丈三韓外 註在帶方之南 帶方國 今南原郡也 漢書天下名山
八 三在蠻夷

중국 사람도 보기를 원하나 볼 수 없어서	華人願見不能得
만 리 남쪽으로 삼한 땅 운무를 바라보네.	萬里南望三韓烟
하물며 우리는 발만 들면 일백 리 안의 땅	況我擧足一百里
묘사를 해서라도 어찌 시를 짓지 않으리.	摸畫那不題詩篇
대방 땅에 우뚝 솟아 남쪽 지방에 웅거하여	崛起帶方雄南紀
굽이굽이 넓고 웅장하게 이리저리 서려있네.	扶輿旁礴紛蜿蜒
천왕봉과 반야봉은 태초의 원기를 보호하여	天王般若護元氣
자른 듯한 큰 기둥 쌍으로 하늘을 떠받치네.	截然巨柱雙擎天

　　－천왕봉과 반야봉이 지리산의 최고봉이다. 天王般若兩峯 智異之最高峰

화개동 물 흐르는 계곡 동천이 깊기도 한데	花開水流深洞府
옥 같은 나무 신비한 새 참으로 사랑스럽네.	珠樹仙禽正可憐

　　－화개는 동천 이름이다. 花開 洞名

신선과 승려들은 속진의 세상을 비웃고	羽人衲子笑塵世
도관과 암자가 하늘가에 높이 세워 있네.	紺宇香臺出天邊
산 남쪽에 있는 맑고 고요한 신라의 사찰[1]	山南淨寂新羅刹
홰나무 다리 끊어진 지 올해로 몇 해던가.	老槐橋斷今幾年

---

1 사찰 : 현 경상남도 하동군 화개면 운수리에 있는 쌍계사를 가리킨다.

절 입구의 쌍계석문은 최고운의 친필인데	雙溪石門孤雲筆
비바람에도 닳지 않고 큰 글자 새겨있네.	風雨不磨大字鐫
팔영루 뒤쪽의 진감선사비는 예스러운데	八詠樓逈眞鑑古
입 닫고 마음으로 말하는 건 무슨 선법인가.	杜口話心更何禪

–쌍계사는 지리산 남쪽에 있다. 옛날에는 늙은 홰나무가 있어, 구불구불 서린 그 뿌리가 시내를 가로질러 다리가 되었다. 골짜기 입구에 바위 두 개가 마주보고 있는데, 최고운이 동쪽에는 '쌍계', 서쪽에는 '석문'이라고 써서 새겼다. 또 진감선사 비가 있으며, 그 아래에 팔영루가 있다. 최고운이 호 상인(灝上人)에게 준 시에 "난 온종일 고개 숙이고 붓끝을 놀리는데, 승려들은 입을 다물어 마음으로 대화하기 어렵네."라고 하였다. 雙溪寺在智異南 古有老槐 盤根涉澗爲橋 洞口兩石對峙 崔孤雲 書 東刻雙溪 西刻石門 有眞鑑禪師碑 下有八詠樓 孤雲詩寄灝上人云 從日低頭弄筆端 人人杜口話心難

동쪽으로 불일암까지 십 리밖에 안 되는데	東出佛日纔十里
암자 앞에 완폭대[2] 바위 우뚝하게 솟았네.	玩瀑臺石屹庵前
그 아래에는 학연과 용추라는 못이 있는데	下有鶴淵龍湫罢
기이하고 험한 절벽 잡고 오르기 겁이 나네.	奇險絶壁愁扳緣
청학동천을 보았다는 이는 아무도 없었는데	靑鶴洞天人不見
그 누가 시구를 남겼나, 마음만 아련하구나.	誰留詩句心茫然
남명과 미수[3] 선생은 이곳이라 여겼으니	冥翁眉老認是處

---

2 완폭대(玩瀑臺) : 현 경상남도 하동군 화개면에 위치한 쌍계사 뒤쪽의 불일암 앞에서 불일 폭포를 바라볼 수 있도록 펼쳐진 널찍한 바위이다. 조선시대 문인의 지리산유람록에 의하 면, '완폭'라는 세 글자가 석각되어 있고, 30여 명이 앉을 수 있는 크기였다고 한다. '완폭 대(翫瀑臺)'라고도 하며, 현재 불일암의 위치라 추정된다.

비로봉은 눈앞에 있고 향로봉은 쳐다보이네.	毘廬橫對香爐顚
붉은 머리 검은 날개의 학이 바위틈에 살며	丹頂玄羽巢巖隙
가끔 나와 하늘을 돌며 너울너울 춤춘다네.	有時盤天舞翩翻
누가 없는 것이 되레 누가 되는 줄 모르고	不知無累飜爲累
지금껏 어리석은 마음 허공에 걸어두려 했네.	至今癡心想空懸

-불일암은 쌍계동에서 10리 거리에 있다. 암자 앞에 최고운이 '완폭대'라고 새겨 놓은 각자가 있다. 절벽이 험하고 높으며, 그 밑에 용추와 학연이 있다. 바위 봉우리 가 우뚝 솟아 있는데 동쪽을 향로봉, 서쪽을 비로봉이라 한다. 남명이 말하기를 "청학 두세 마리가 바위틈에 산다."라고 하였고, 미수는 말하기를 "옛 노인들이 전하 는 말에 학의 둥지가 있는데, 지금은 날아오지 않은 지가 몇 백 년이나 되었다."라고 하였다. 불일암이 바로 청학동이다. 고인⁴의 시에 "학 한 마리 구름 뚫고 하늘로 올라가고, 시내의 옥 같은 물은 인간세상으로 흘러가네. 끝내 누가 없는 것이 누가 되는 줄 알겠으니, 마음속의 산하를 보지 않았다 말하리."⁵라고 하였다. 佛日庵在雙 溪洞十里 菴前石刻孤雲書玩瀑臺 崖谷險峻 下有龍湫鶴淵 石峯特立 東香爐 西毘廬 南 冥云 靑鶴兩三巢于巖隙 眉叟云 古老相傳有鶴巢 今不至者幾百年 佛菴乃靑鶴洞也 古 人詩 獨鶴穿雲歸上界 一溪流玉走人間 終知無累飜爲累 心地山河語不看

| 서쪽으로 응신사⁶까지 이십오 리 거리라 | 西去凝神二五里 |

---

3 남명과 미수 : 남명(南冥)은 조식(曹植, 1501~1572)을, 미수(眉叟)는 허목(許穆, 1595~1682) 을 일컫는다. 조식은 1558년 4월에, 허목은 1640년 9월에 이곳을 유람하고 각각 「유두류록 (遊頭流錄)」과 「지리산청학동기(智異山靑鶴洞記)」를 남겼다.

4 고인 : 남명 조식을 가리킨다.

5 학……말하리 : 이 시는 『남명집』 권1에 보이는 「청학동(靑鶴洞)」이다.

6 응신사(凝神寺) : 신응사(神凝寺)의 오류이다. 현 경상남도 하동군 화개면 범왕리에 있던 신흥사(神興寺)를 가리킨다.

삼신동과 세이암 도리어 그윽하고 깊구나.   三神洗耳轉幽玄

-응신암은 쌍계사에서 서쪽으로 10리 지점에 있다. 골짜기 입구에 최고운이 새겨 놓은 '삼신동'이라는 글씨가 있으며, 또 세이암이 있다. 凝神菴在雙溪西十里 洞口有 刻孤雲筆三神洞 又有洗耳岩

북쪽으로 사오 리 가면 칠불암 아자방이요   北行四五亞字室

진금륜이란 운상원은 상승[7]의 선법이라네.   雲上金輪上乘禪

신라의 일곱 왕자는 일곱 부처가 되었고   羅王七子成七佛

-혹자는 "가락국 왕의 일곱 아들이다."라고 한다. 或云駕洛王七子

옥계의 선인이 부는 피리소리 들리는 듯.   笛聲如聞玉溪仙

-칠불암은 응신사 북쪽 20리 지점에 있다. 천왕봉과의 거리는 30리나 되며, 쌍계사 에서도 30리나 떨어져 있다. 옛날에는 운상암이라 일컬었고, 진금륜이라고도 하였 다. 이 암자에 아자방이 있다. 신라 때 옥계선인이 이 암자에 은거하면서 옥피리를 불었다. 신라 임금이 일곱 아들을 데리고 신선을 찾아 함께 유람하였는데, 일곱 아들은 성불하여 스스로 범왕이 되었다. 七佛菴在凝神北二十里 去天王峯三十里 雙 溪寺三十里 古稱雲上菴 又云眞金輪 有亞字房 新羅時有玉溪仙人 隱于此 吹玉笛 羅王 率七子 尋仙同遊 七子成佛 自爲梵王

지리산 동쪽의 단속사 또한 오래된 사찰이니   山東斷俗亦古寺

신라시대 내마[8]는 세상 피한 어진 사람이라.   羅代奈麻避世賢

전서로 쓴 비석 뿐 황량하고 썰렁하기만 한데   荒寒碑篆石銘外

정당매만 찬 날씨에도 하얗게 피어 선명하네.   政堂寒梅雪色鮮

---

7 상승(上乘) : 불교 유파의 하나인 '대승(大乘)'을 일컫는다.
8 내마(奈麻) : 신라시대 관직으로, 여기서는 이순(李純)을 가리킨다.

-단속사는 지리산 동쪽에 있다. 산청의 경내에 신라시대의 옛 비석이 많다. 신라 경덕왕 때 대내마 이순이 충신으로서 벼슬을 버리고 승려가 되어 이 절을 창건했다. 고려 말에 정당문학을 지낸 강회백은 젊은 시절 이 절에서 독서했는데, 손수 매화나무 한 그루를 심었다. 그는 벼슬을 하여 정당문학까지 올랐다. 그러므로 세상 사람들이 그 매화를 '정당매'라 불렀다. 그 시에 "우연히 공부하던 옛 산사에 돌아와 보니, 뜰에 가득한 청향은 내가 심은 그 매화였네. 나무도 옛 주인을 능히 알아보고, 은근히 다시 눈 속에서 꽃 피우려 하네."라고 하였다. 斷俗寺在智異東 山淸界多 新羅古碑 羅景德王時 大奈麻李純 以寵臣棄官爲僧 創此寺 麗末政堂姜淮伯 少時讀書 于此 手植梅花一樹 仕至政堂文學 故世稱政堂梅 其詩曰 偶然還訪故山來 滿院淸香一 樹梅 物性也能知舊主 殷勤更向雪中開

| 오대사 승려들은 진정 일 꾸미길 좋아했으니 | 五臺寺僧眞好事 |
| 은색 둥근 수정을 불상에다 새끼로 매달았네. | 水晶銀索佛象圓 |

-오대사는 살천⁹에 있다. 고려시대 승려 진억과 혜시가 창건했다. 붉은 은빛의 수정을 새끼로 묶어 불상에 매달았다. 五臺寺在薩川 高麗僧津億慧 始創 以水晶朱銀 索 懸諸佛象

오래된 사륜동으로 임금의 전갈이 들어가니	絲綸古洞鳴騶入
비로소 알겠다, 은자 놀라 허둥지둥 했음을.	始知隱者驚盤旋
훗날 남명 선생이 이곳에다 터를 잡으시고	後來先生此卜築
산천재와 상정¹⁰에서 편안하게 은거하셨네.	山天橡亭高臥眠

-사륜동은 양당촌 동쪽에 있다. 고려시대 어떤 명사가 이곳에 은거하였는데, 지조

---

9 살천(薩川) : 현 경상남도 산청군 시천면 덕산을 가로지르는 강을 일컫는다. 지금은 시천 (矢川)이라고도 부른다.

10 상정(橡亭) : 현 경상남도 산청군 시천면 산천재 옆에 있던 초옥의 정자이다.

와 행실이 고결하였다. 왕이 그 소문을 듣고 사신을 보내 맞이하려 하였는데, 그는 문을 닫고 나아가지 않았다. 사신이 문을 밀고 들어가자, 벽 위에 "한 조각 임금의 윤음이 이 마을로 들어오니, 내 이름이 인간 세상에 알려진 줄 알겠구나."라는 시구를 붙여 놓고서 북쪽 창문을 통해 달아났다. 후인들이 그 사람을 한유한(韓惟漢)이라 의심하였다. 명종 경신년(1560)에 남명 선생이 삼가 토동에서 가족을 이끌고 와 이곳에 터를 잡고 은거하였다. 산천재를 짓고, 또 초옥으로 동량이 없는 정자 한 칸을 지었으니 바로 상정이다. 남명 선생의 시에 "우연히 사륜동에 와 살면서, 오늘 비로소 조물주도 속이는 줄 알았네. 짐짓 헛된 윤음 전해 은자 숫자 채우고 가니, 날 부르는 사신이 일곱 번이나 다녀갔다네."[11]라고 하였다. 또 상정에 써 붙인 시에 "청컨대 천 석 들이 종을 보시게, 큰 북채 없으면 소리 나지 않는다네. 나도 어찌하면 저 두류산처럼, 하늘이 울어도 울지 않을 수 있을까."[12]라고 하였다. 絲綸洞在養堂村東 高麗時有名士 隱居於此 操行高潔 王聞之 遣使迎之 閉門不出 使者排戶入 壁上書一句曰 一片絲綸來入洞 始知名字落人間 從北牖而逃 後人疑是韓惟漢 明廟庚申 南冥先生自三嘉兎洞 挈家卜居 築山天齋 又草構無樑舍一間 卽橡亭 先生詩曰 偶然居住絲綸洞 今日方知造物給 故遣空緘充隱去 爲成麻到七番來 又書橡亭曰 請看千石鍾 非大叩無聲 爭似頭流山 天鳴猶不鳴

| 대렴공이 차 종자를 심어서 온 산이 푸르고 | 大廉種茶徧山綠 |
| 옥보고가 거문고 연주하니 바람소리 같았네. | 寶高奏琴如風絃 |

-신라 흥덕왕 때 대렴이 사명을 받들고 중국에 들어가 차나무를 얻어 와서 지리산에 심었다. 신라사람 옥보고는 지리산에 들어와 거문고를 50년 동안 배웠는데, 그가 연주하면 검은 학이 날아와 춤을 추었다. 송풍 30첩을 지었다. 新羅興德王時 大廉奉使入中國 得茶樹 種於智異山 新羅人玉寶高 入智異山 學琴五十年 有玄鶴來舞 制松風三十疊

---

11 우연히……다녀갔다네 : 이 시는 『남명집』 권1에 수록된 「덕산우음(德山偶吟)」이다.
12 청컨대……있을까 : 이 시는 『남명집』 권1에 수록된 「제덕산계정주(題德山溪亭柱)」이다.

세상 피해 멀리 가니 어디로 갈지 알겠구나	避世長往知何處
시인묵객들 어깨를 나란히 하고 찾아오네.	墨客騷人接摩肩
개미가 기고 까치가 날아도 시대가 다르니	蟻行鵲飛殊時世
어찌 말하리오, 입신하여 복전을 바치라고.	爭道將身致福田
나에겐 오온13 품은 수미산 같은 마음 있어	我有須彌藏五蘊
안으로 은미한 글 가르쳐 편의한 데 떨어지리.	內教隱文落宜便
천만 겹의 산과 계곡 마음속에 펼쳐져 있으나	千重萬疊方寸列
그 형상 어찌 다 그림으로 그려낼 수 있으리.	形狀那可摸朱鉛
절로 낙토가 있는데도 사람들은 알지 못하니	自有樂地人莫識
가서 지리산의 아름다운 경치를 찾아보게나.	去尋智異佳山泉

－『장자』에 "세상이 다스려지면 개미처럼 기어가고, 세상이 어지러우면 까치처럼 날아가라."고 하였다. 불교 서적에 '수미'는 산 이름으로, 심체를 비유한다. 오온은 인체의 오장이다. 두보의 시14에 "비결과 은밀한 글을 안으로 가르쳐야 하리."라고 하였다. 소강절15의 시에 "편의한 곳에 떨어지면 편의를 얻으리."라고 하였다. 莊子云 世治則蟻行 世亂則鵲飛 佛書須彌山名 諭心體 五蘊則五藏 杜詩秘訣隱文須內教 康節詩落便宜處得便宜

---

13 오온 : 불교에서 말하는 '색(色)·수(受)·상(想)·행(行)·식(識)' 다섯 가지의 감각 작용을 말한다.

14 시 : 두보(杜甫)의 「억석행(憶昔行)」을 가리킨다.

15 소강절(邵康節) : 송나라 때 학자 소옹(邵雍)을 가리킨다. 강절은 그의 시호이다.

출전 : 『오파집(梧坡集)』 권1, 「지리산기영(智異山紀詠)」

일시 : 미상

일정 : 하동 화개 – 쌍계사 – 불일암 – 삼신동 – 칠불사 – 단속사 – 오대사 – 덕산으로 하산

저자 : 최병호(崔炳祜, ? – ?)

자는 효중(孝仲), 호는 오파(梧坡)이고, 본관은 전주(全州)이다. 그의 문집 『오파집』
이 현전하나 생애를 확인할 만한 부록문자가 실려 있지 않아, 생애가 자세하지 않다.
노백헌(老柏軒) 정재규(鄭載圭, 1843-1911), 농산(農山) 정면규(鄭冕圭, 1850-1916),
명호(明湖) 권운환(權雲煥, 1853-1918) 등과 교유하며 주고받은 작품이 전한다.

방장산에서 태어나
늘 그 속에서 노닐었네

한유의 산수도가

방장산에서 태어나 늘 그 속에서 노닐었네

한유韓愈의 산수도가山水圖歌

나는 방장산 밑에서 태어나 살면서	我生方丈山之下
항상 방장산 안에서 노닐었다네.	恆遊方丈山之中
십 년 동안 진경을 찾았으나 찾지를 못해	十載尋眞苦未尋
때로는 텅 빈 강산에서 휘파람만 불었네.	有時一嘯江山空
덕산동¹ 안 밝은 달에 천 번이나 취했고	千醉德山洞裏月
청암² 시냇가 바람을 백 번이나 쏘였네.	百遡青巖溪上風
청학은 한 번 떠나가서 아무 소식이 없고	青鶴一去無消息
거문고 타던 옥보고 선인 만날 수 없었네.	玉寶仙人不可逢
쌍계사 연곡사 골짝 지리산 길을 오가면서	支離雙磎燕谷間
부슬부슬 가을비 맞고 붉은 봄꽃도 보았네.	秋雨蕭疎春花紅

---

1 덕산동(德山洞) : 현 경상남도 산청군 시천면 덕산 일대를 가리킨다.
2 청암(青巖) : 현 경상남도 하동군 청암면 일대를 가리킨다.

아홉 마디 내 지팡이 장차 어디로 향하리?   杖我九節將焉適
구름 산 겹겹이 푸른 것 공연히 탄식하네.   空歎雲山碧重重
백곡동 집으로 돌아와 크게 한 번 웃으니   歸來柏洞一大笑
되레 종전의 눈 멀고 귀 먹은 것 부끄럽네.   却愧從前瞽且聾
명승지를 다 둘러보고 평지로 돌아왔는데   勝地由來還平地
무슨 일로 깊은 산속 지팡이 짚고 다녔나.   何事枉費深山筇
진중한 나의 벗은 내 마음을 이해하는지   珍重故人解我意
이 산의 산수를 그리려 화공을 괴롭히네.   繪此山水勞良工
열흘이면 응당 수석 하나는 다 그렸으리   十日應盡一水石
닷새면 응당 봉우리 하나쯤 그렸으리라.   五日應模一層峯
붓끝에다 응당 조화옹의 힘을 빼앗으려고   筆下能奪造化力
주재자에게 호소하고 천군에게 읍소했네.   應訴眞宰泣天翁
다 그리고 난 뒤엔 혼자만 즐기지 않고   盡成不曾獨自享
내 산 속 서당에 보내 병풍을 삼게 했네.   擲我山堂作障幪
재배하고 돌아와 아침저녁으로 바라보니   再拜歸來瞻昕吻
산수의 조종이 내 집 마루에 다 드러났네.   山水之祖盡家宗
방장산의 빼어난 기상이 모두 모여 있어   方丈秀氣都湊會
온통 동쪽으로 달려와 이곳에서 끝났네.   盡走東來此地窮
자욱한 연하는 저 너머까지도 깔려 있고   煙霞漠漠平無外
삐죽한 구름 속 나무 저 멀리 끝이 없네.   雲樹鬱鬱遠莫終
집 뒤 바위들은 푸른 옥을 깎아 놓은 듯   屋後千巖削蒼玉
처마 앞 골짜기들은 연꽃이 피어있는 듯.   簷前萬壑出芙蓉

남쪽 끝의 조계[3]는 쪽빛 같은 물이고　　　　　南盡潮溪水如藍
북쪽의 화장산[4]은 칼끝 같은 산이라.　　　　　北去華章山如鋒
위쪽 끝이 푸르고 모나 끝없이 높은 대　　　　　上頭蒼稜高無極
오래 전 도구공[5]을 다시 만난 듯하네.　　　　　曠世如遇陶丘公
높디높은 석문[6]이 들판에서 보이는데　　　　　石門崔嵬臨中野
지금도 크고 곧은 발소리가 들리는 듯.　　　　　至今如聞景直蹤
천고에 아름다운 이름을 남긴 세 효자　　　　　千古芳名三孝子
두 효자의 정려문이 붉고도 찬란하네.　　　　　雙烈綽楔朱且彤
아! 고인을 지금은 만나볼 수 없으니　　　　　吁嗟古人不可見
내 의관을 정돈해서 장차 누굴 따르리.　　　　　整我冠佩將誰從
생각건대 그 옛날 내 어리고 어리석어　　　　　念昔吾生幼且騃
부귀하리라는 큰 꿈을 흉금에 키웠었지.　　　　青雲富貴長心胸
임금과 백성을 삼대의 시대로 만들고서　　　　謂致君民三代上
관대 풀고 은거하여 넉넉히 살려 했네.　　　　解帶高臥食萬鍾
지금은 내 재주가 세상과 맞지 않으니　　　　如今才與世相違
술과 책만이 내 게으름을 불러일으키네.　　　樽酒詩書起余慵

---

3 조계(潮溪) : 현 진주시 수곡면 창촌리 조계마을을 흐르는 시내를 말한다.
4 화장산(華章山) : 현 경상남도 산청군 단성면 백운리에 있는 화장산을 가리키는 듯하다.
5 도구공(陶丘公) : 남명 조식의 문인 이제신(李濟臣, 1510~1582)을 가리킨다. 도구는 그의
　호이며, 현 경상남도 산청군 단성면에서 덕산으로 들어가는 중간 지점에 은거하였다. 그의
　유적으로 도구대(陶丘臺)가 현전하고 있다.
6 석문 : 입덕문(入德門)을 가리키는 듯하다.

바라는 바는 이 몸을 산수 간에 두고서	所願置身山水間
농사꾼 낚시꾼과 한가히 벗하고 싶을 뿐.	田翁溪叟相從容
벗을 위해 번거로이 한 마디 건네지만	爲煩故人贈一言
이 모두 어찌 화공이 겸한 것이 아니리.	盡此胡不兼畫傭
화공은 도리어 첨가할 것이 있다 하며	畫傭還有添足者
술 한 통과 마른 오동 한 그루를 더했네.	一樽酒與一枯桐
내 마른 오동 쓰다듬고 내 술을 마시면	撫我枯桐飮我酒
이곳에 사는 즐거움도 저절로 넉넉하리.	將在此間樂融融
산을 그린 남은 붓은 지금 어디 있는지	畫山餘筆今在否
내 말을 그대는 헛되이 여기지 마시게.	莫使吾言子虛同

**작품
개관**

출전 : 『우산집(愚山集)』 권2, 「산수도가(山水圖歌)」

일시 : 자세치 않다

일정 : 내용상으로는 덕산-청암-연곡사-쌍계사를 거쳐 귀가한 것으로 보인다.

설명 : 이 작품은 저자가 지리산권역 중 덕산과 하동 쌍계동을 유람하고 돌아온 후
화공이 그린 산수도(山水圖)를 통해 유람을 되새기는 내용으로 구성되어 있
다. 특히 덕산의 남명 유적지와 이를 통한 자신의 포부 등을 상세히 피력하고
있다.

저자: 한유(韓愉, 1868-1911)

자는 희녕(希寗), 호는 우산(愚山), 본관은 청주(淸州)이다. 경상남도 산청 백곡(柏谷)에서 활동하였다. 그의 선대가 진주에 입향한 것은 연산군 때이며, 이후 조은(釣隱) 한몽삼(韓夢參)·유오(柳塢) 한기석(韓箕錫) 등이 문장으로 이름났다. 증조 때부터 부친에 이르기까지 출사하지 않았고, 그 또한 이러한 가풍을 이어받아 학문 연구에 진력하였다.

월고(月皐) 조성가(趙性家)와 간재(艮齋) 전우(田愚)에게 나아가 배웠다. 연재(淵齋) 송병선(宋秉璿)·중암(重菴) 김평묵(金平默)·면암(勉庵) 최익현(崔益鉉) 등을 종유하였다. 담산(澹山) 하우식(河祐植)과도 절친하였다.

그는 일생 주자서(朱子書)와 경전과 예서(禮書) 등을 연구하여 수많은 저술을 남겼는데, 『주자차의후고(朱子箚疑後考)』·『어류정선(語類精選)』·『어류차의(語類箚疑)』·『연보대전통고(年譜大全通考)』·『가례고본(家禮考本)』·『가례보주(家禮補註)』·『근사록집주(近思錄集註)』·『소학집해(小學集解)』·『대학장구혹문주소(大學章句或問註疏)』 등이 있다. 이 외에도 『율서고증(栗書考證)』·『우암사실(尤菴事實)』·『심학통편(心學通編)』 등이 있다.

지팡이 하나 나막신 한 켤레로
이 산에 올랐네

한유의 청학동

지팡이 하나 나막신 한 켤레로
이 산에 올랐네

한유韓愈의 청학동靑鶴洞

웅장하고도 성대한 저 방장산이여	鬱鬱方丈山
명승으로는 우리나라에서 으뜸일세.	名勝冠靑邱
굽이굽이 이어지는 저 청학동이여	蜿蜿靑鶴洞
기이한 절경은 이 산에서 최고로다.	奇絶最頭流
신선[1]이 청학을 타고 가버렸으니	仙人乘鶴去
학이 떠나고 산은 아득하기만 하네.	鶴去山悠悠
구름이 모여들어 저녁연무가 가리고	雲收暮煙鎖
새들이 흩어지니 뭇 귀신 소란하네.	鳥散衆鬼咻
진인이 떠난 자리엔 흔적도 없으니	眞人去無迹

---

1 신선 : 하동 청학동의 신선이라 일컬어지는 최치원을 말한다.

따르고자 해도 따를 방법이 없구나.　　　　欲從不可由

도를 외경함은 하늘보다 어려운데　　　　畏道難於天

비바람이 사람을 근심스럽게 하네.　　　　風雨使人愁

부질없이 청학도만 남아 전한다고　　　　空留畵圖傳

소문이 남쪽고을에 빠르게 퍼졌네.　　　　消息逸南州

아득하니 천 년의 긴 세월 동안　　　　　茫茫千載間

걸핏하면 고사들을 찾아들게 했지.　　　　動回高士頭

이인로는 원숭이 울음 얼마나 들었나[2]　　　幾聽仁老猿

소미선생은 소갈비뼈를 열 번 올랐지.[3]　　十破少微牛

봉래산은 사람에게 해코지하기도 하고　　蓬萊或誤人

무릉도원은 배를 잃는 경우 허다하다지.　武陵多失舟

귀신이 아껴서 감추어 둔 이 청학동　　　鬼慳神惜地

부질없이 흰 구름이 가리고 있구나.　　　空有白雲囚

나는 이 방장산 밑에서 태어났으며　　　我生方丈下

십 년 동안 이 산에서 은거했다네.　　　十載山之幽

2　이인로(李仁老)는……들었나 : 고려시대 이인로는 지리산 청학동을 찾아왔다가 찾지 못하고 시를 한 수 남겼는데, 그 가운데에 "지팡이 짚고서 청학동을 찾으려는데, 건너 숲에서 부질없이 들리는 원숭이 울음소리.[策杖欲尋靑鶴洞 隔林空聽白猿啼]"라는 구절이 있다. 그의 『파한집(破閑集)』에 보인다.

3　소미선생(少微先生)……올랐지 : 소미선생은 남명(南冥) 조식(曺植)을 말한다. 남명은 처사(處士)를 상징하는 소미성(少微星)의 기운을 받고 태어났다고 전한다. 남명의 「유두류록(遊頭流錄)」 말미에 "죽은 소의 갈비뼈 같은 두류산을 열 번이나 답파했네.[頭流十破死牛脇]"라고 읊은 시구가 전한다.

가슴속엔 만 겹의 이 산 들어 있어　　　　　　胸中萬疊山

골짝마다 모두 헤아려 찾아보았네.　　　　　　谷谷皆講求

화개 장에선 봄날 술이 다 동났고　　　　　　花開春酒闌

상류에는 밤에 달이 두둥실 떴네.　　　　　　上流夜月浮

참된 근원은 어디가 그런 곳인지　　　　　　眞源何處是

두려운 마음에 머물 수가 없네.　　　　　　懍惕不可留

옛 사람은 저 하늘 위에서　　　　　　故人從天上

우리에게 구절장⁴을 주었다네.　　　　　　授我九節杖

서늘하게 남풍을 타고 가니　　　　　　冷然御南風

온 사지가 두둥실 가벼워지네.　　　　　　四體輕蕩瀁

한 번 솟구치면 여러 계곡 뛰어넘고　　　　　　一超陵群壑

두 번 솟구치면 뭇 봉우리 넘어설 듯.　　　　　　再超逸衆嶂

험난한 일백 리 길 고된 여정을　　　　　　艱難百里程

날아갈 듯 반 식경도 안 걸렸다네.　　　　　　飛度不半餉

쌍계석문은 어찌나 우뚝 솟았으며　　　　　　石門何崔嵬

바위너덜은 어찌나 상쾌하게 높은지.　　　　　　磧野何爽亢

몸을 구부리고 그 안으로 들어가니　　　　　　俯身入其中

한 구역 별나게 텅 비고 드넓구나.　　　　　　天地別虛曠

기맥은 반야봉에서 흘러내리고　　　　　　氣脈般若湊

---

4 구절장(九節杖) : 전설 속에서 신선이 짚고 다니는 지팡이를 말한다.

시야는 바다처럼 훤하게 뚫렸네.	眼界溟海暢
바위는 표범과 호랑이가 웅크린 듯	石蹲豹虎勢
숲은 금옥의 정원인 듯 빼어나구나.	林秀金玉園
순 임금 조정에는 인재가 많았으니	虞廷多吉士
그들이 모여서 선한 말을 아뢰었고	濟濟出昌言
주나라 들녘에선 날랜 장수 명하여	周野命虎將
펄럭펄럭 화려한 깃발을 휘날렸네.	翩翩動繡旛
여러 제후들 맑은 사당에 분주해도	群后走淸廟
의젓한 모습으로 빈번하지 않았네.	威儀不頻繁
진나라와 초나라가 중원에서 만나	晉楚遇中原
강자는 삼키고 약자는 핍박받았지.	强弱互吐呑
성인 문하의 삼천 명 문도들은	聖門三千徒
마루 아래에서 예를 실천하였네.	堂下揖讓趨
아미타전에 모신 일백다섯 부처들	彌陀百五佛
하늘 너머 속진의 몸을 초탈한 듯.	天外脫塵軀
용감함은 연나라 조나라 장부 같아	勇似燕趙男
노래하고 축을 불며 함께 취하였고[5]	歌筑共醉酣
공손함은 제나라 노나라 선비 같아	恭似齊魯士

---

5 연나라……취하였고 : 중국 전국시대(戰國時代) 자객으로 이름났던 형가(荊軻)와 연나라
에서 축(筑)을 연주하던 고점리(高漸離)를 일컫는다. 사마천(司馬遷)의 『사기(史記)』「자
객열전」에 보인다.

굽어보고 우러러봐도 부끄러움 없네.	俯仰兩無慚
제기의 제수는 정연하게 차려져 있고	籩豆羅井井
깃발은 절로 펄럭펄럭 나부끼고 있네.	旗纛自于于
옥병에는 층층의 얼음이 담겨져 있고	玉壺貯層氷
은 쟁반에는 진주가 가득 담겨 있네.	銀盤盛眞珠
깨끗이 씻은 여러 신선의 풍골이며	淸洗衆仙骨
백발을 드리운 상산사호⁶의 수염.	白垂四皓鬚
시샘하는 월나라 미인의 얼굴인 듯	婉妬越女面
깨끗함은 막고야산 신선의 살결인 듯.	潔若藐姑膚
이를 마주해 마음이 활짝 열리더니	對此心界闊
쓸쓸한 심정으로 긴 한숨을 내쉬네.	悄然發長吁
만약 이런 세계에 들어가 노닌다면	如入波斯中
보화가 화산과 숭산처럼 쌓였겠지.	至寶積華嵩
하늘 위로 올라가서 두루 다닌다면	如陟匀天上
장중한 음악을 제대로 연주하리라.	大樂奏商宮
세상을 평안케 하는 술을 따른다면	如酌太和酒
다 마셔 흉중의 답답함을 없애리라.	澆盡硯磊胸
만약 큰 강물을 헤아릴 수 있다면	如測大河水

---

6 상산사호(商山四皓) : 중국 진 시황 때 학정을 피해 상산에 은거한 네 명의 백발노인을 말한다.

얼굴의 티끌 먼지를 다 씻어버리리.	濯去塵垢容
아련히 자신을 잃어버린 듯도 하여	渺然如自失
숙연히 이치를 궁구할 수도 없네.	肅然不可窮
기쁘게 나의 얼굴을 펴고 있다가	怡然解我頤
두렵게 나의 어리석음을 생각하네.	惕然起余蒙
지팡이 놓고 한 차례 높이 소리치니	放杖一高叫
눈 아래 강과 산이 텅 비어 보이네.	眼底江山空
말하지 마시게, 천하의 오악 중에서	莫將五大岳
천하의 공을 이 산이 독차지 한다고.	專擅天下功
또 말하지 마시게, 명산인 삼신산이	莫將三名山
오랑캐 지역인 우리나라에 있다고.	謂在蠻夷東
땅은 사람을 통해 평가되기도 하고	地以人輕重
산은 땅을 통해서 드러나는 법이지.	山因地卑隆
중원에선 오랑캐를 황제로 삼았는데	中原帝單于
우리나라는 주공의 도를 본받는다네.	東國法周公
하물며 높고 높은 우리의 방장산은	矧爾方丈山
문명이 유독 웅장함을 차지함에랴.	文明獨擅雄
구름이 한 녹사[7]의 은거지를 덮었고	雲藏錄事宅

---

7 한 녹사(韓錄事) : 고려 말 지리산으로 은거한 한유한(韓惟漢)을 가리킨다. 고려 조정에서
그에게 대비원 녹사(大悲院錄事)를 하사했는데 나아가지 않았다.

달빛이 최고운 살던 동네를 가렸네.	月掩孤雲洞
점필재[8]가 가보고 싶어 했던 이곳	佔老歸底處
일두 선생이 다시 그 길을 갔었네.	蠹翁庶重逢
천년 동안 맑고 깨끗한 기운 서려	千年淸淑氣
이에 남명 선생이 세상에 태어났네.	乃挺山海翁
온 세상 사람 우리 도를 존숭하니	四海吾道尊
백세토록 경의[9]를 으뜸으로 하리.	百代敬義宗
당시에는 요순 시대가 아니었지만	當世不堯舜
남긴 글이 책 속에 있어 숭상했지.	遺文在案崇
용이 없다고 어찌 그 흔적 없으리	龍亡豈無迹
광채가 찬란하여 성대히 드러났네.	光采爛融融
조정이 친히 몇몇 군자를 떠받들어	親承數君子
그들을 접대하는 장막을 설치했네.	家國作姅幪
그 사업은 역사에 기록해 놓았고	事業太史書
그 문자는 사림이 문집에 실었다네.	文字士林儲
그러므로 우리가 사는 이 영남 땅은	所以嶺之南
성대하게 추로지향으로 불리었다네.	菀爲鄒魯閭
이 지역 산수가 신령스럽지 않다면	不以山水靈

---

8 점필재(佔畢齋) : 김종직(金宗直)의 호이다.

9 경의(敬義) : 남명 조식이 특히 중시했던 것으로, 경의학(敬義學)이라고도 일컫는다.

어찌 이런 문화 만들 수 있었으리.　　　　　安得致此如

미천한 나는 본디 산을 좋아했으니　　　　　賤子本愛山

산에 드는 걸 어찌 머뭇거리리오.　　　　　入山豈蘧徐

공명은 현달한 사람의 일이고　　　　　　　功名達人事

부귀는 현자가 방치하는 일이지.　　　　　富貴賢者致

나는 벌레 같은 하찮은 한 생명체　　　　　若吾蠢一物

미천한 이 몸을 장차 어디다 두리.　　　　　微是將安置

찢어진 갓은 수선할 필요도 없고　　　　　裂冠不須著

죽은 말은 다시 타지 않으면 되리.　　　　　殺馬不復騎

청컨대 붕우들과 교우도 그치고　　　　　請息朋友遊

친척과 의논하는 것도 그만두리.　　　　　休與親戚議

문장은 또한 짓지도 말 것이며　　　　　　文章且莫作

일한 공로는 버릴 만도 하다네.　　　　　事功可捐棄

소슬하니 한 통의 술을 가지고서　　　　　蕭然一樽酒

지팡이 하나 나막신 한 켤레 지녀　　　　　一筇復一屐

내 이 한 몸을 거기에 의지하고서　　　　　資我一箇身

봄날 다 함께 천왕봉에 올랐다네.　　　　　共陟天王春

이리저리 둘러보며 스스로 즐기니　　　　　偃仰聊自適

서성이며 함께 친할 이 누구던가.　　　　　徘徊誰共親

사슴과 더불어 짝이 되기도 하고　　　　　麋鹿與爲伍

소나무 회나무와 함께 줄지어 섰네.　　　　松檜與爲倫

무릎을 안고 호탕하게 노래 부르니　　　　　抱膝歌浩浩

이 즐거움을 아는 사람이 적으리라.　此樂人知少
하등의 선비는 지혜와 사려가 얕아　下士智慮淺
산을 보아도 왜 좋은지를 모르리라.　看山不知好
그대, 큰 도를 지닌 사람을 보게나　君看大道人
흉금이 가을하늘처럼 청정하다네.　胸抱淨秋昊
한 번 아름다운 산수를 보고 나니　一見佳山水
소요하며 늙어가는 줄도 모른다네.　逍遙不知老
흥취는 태초의 근원처럼 심원하고　興深太始竅
즐거움은 혼돈세상 너머에 있구나.　樂在混沌表
그러므로 그 옛날의 사람들은　是以古之人
보배를 품고 산림 속에 은둔했네.　懷寶遯山杪
말로 하기에는 합당하지 않으니　不合言相輸
단지 헤아려 깨달을 수 있을 뿐.　祇可意以曉
두세 분들에게 이 시를 붙이노니　寄語三數君
내 노래가 번거롭다 여기지 않고　我歌倘無煩
내 말을 능히 믿어보려 하신다면　吾言肯相信
북산이문[10] 같은 글 짓지 마시게.　莫作北山文

---

10 북산이문(北山移文) : 중국 남북조 시대 송나라 공치규(孔稚圭)가 지은 글로, 주옹(周顒)
이 출처의 지절을 지키지 못한 위선을 풍자한 글이다.

출전:『우산집(愚山集)』권2,「청학동(靑鶴洞)」

일시: 자세치 않다

일정: 자세치 않으나 청학동을 구경하고 후에 천왕봉을 올랐던 것을 아울러 시로
읊은 듯하다

저자: 한유(韓愉, 1868-1911) 197쪽 참조.

남명 선생이 남긴
운치 아직도 느낄 수 있어

안종화의 덕산기행

남명 선생이 남긴 운치 아직도 느낄 수 있어

안종화安鍾和의 덕산기행德山紀行

불효의 한을 일찌감치 품었으니	風樹夙抱恨
그 전범을 어디에서 보고 배우랴.	儀型從何覩
오래된 상자에 남긴 서책 있으니	古篋遺書在
어찌 차마 좀이 갉아 먹게 하리.	不忍蟫蠹蝕
형님을 기다리다 심신을 소진했지만	希兄殫心力
산에 들어갈 때 쓸 지팡이 마련했네.	入山謀登木
서신이 어느 날 저녁에 이르렀는데	音信一夕至
산행 준비 서두르라 거듭 재촉했네.	申勸行李促
어머니께 다녀오겠다고 말씀드리고	慈幃告我行
이른 새벽에 길 떠난다 일러두었네.	凌晨戒我軾
우리 집에는 아들 두세 명이 있는데	吾門二三子
정성껏 자기 일을 하라 면려하였네.	亹勉從事恪
산과 바다로 가는 길이 험난하여서	山海路崎嶇

아침에 길을 떠나 저물녘에 멈췄네.	朝行而暮泊
두 발이 얼마나 여러 번 부르텄던지	雙趼何重繭
높다란 봉우리 보며 수심이 많았지.	峻嶺愁當額
천석은 가는 곳마다 아주 좋았으니	泉石隨處好
애오라지 함께 완상하며 유람하였네.	聊以共賞適
탁주 마시고 호방한 노래도 불렀으며	濁酒發豪歌
두류산은 푸른 하늘에 높이 솟구쳤네.	頭流磨天碧
시냇가 바위에 입덕문이라 새겨있는데	嵒巓入德字
우뚝하게 참된 골격을 드러내 보이네.	屼崒露眞骨
남명 선생이 고상한 자취로 은둔한 곳	冥翁高遯地
선생이 남긴 운치 아직 느낄 수 있네.	遺韻尙可掬
창평향이 가시덤불에 덮여서 놀랍고¹	昌平驚棘入
백록동에 풀이 다 없어져 슬프구나.²	鹿洞悲草鞠
세상 도가 이미 이처럼 무너졌으니	世道已如此
간담이 찢어지고 흉금이 꽉 막히네.	膽裂胸欲塞
아침에 죽천재³에 들어갔는데	朝入竹泉齋

---

1 창평현(昌平鄕)이……놀랍고 : 창평향은 공자가 태어난 곳으로, 여기서는 남명이 살았던
  덕산의 유적이 황폐해진 것을 말하는 듯하다.
2 백록동(白鹿洞)에……슬프구나 : 백록동은 주자(朱子)가 수선(修繕)하여 교육을 진흥한
  백록동서원(白鹿洞書院)을 일컫는데, 여기서는 남명을 제향하는 덕천서원 일대가 황폐해
  진 것을 가리킨다.
3 죽천재(竹泉齋) : 현 경상남도 산청군 삼장면 대하촌(臺下村)에 있던 창녕 조씨(昌寧曹氏)

목수들이 한창 일을 하고 있었네.	梓繡方就役
진중한 여러 군자들이	珍重諸君子
반지르르 윤기나는 과일을 내왔네.	借我敷油色
산속의 과일이 제철이라 향기롭고	山果時正香
먹고 났더니 내 배를 채워 주었네.	啄之暢我腹
나물 반찬 먹는다고 근심하지 말고	不愁藜荣喫
은과 근을 구별 못할까 두려울 뿐.	但恐銀根錯
가형이 멀리서 탈 것을 보내오니	家兄遠命駕
마음씀씀이 얼마나 극진하시던지.	傾倒意何極
친한 벗들 편지 보내 안부를 물어	親友寄書問
그 마음 애오라지 가슴에 새겼네.	遣意輒銘膈
사찰까지는 까마득히 먼 길인데	蕭寺渺遐征
울긋불긋 단청이 사람을 놀래키네.	丹碧驚人目
깊숙한 곳에 임금 소명이 내려왔지만	靈區輪錦軸
낭랑한 글소리 푸른 산에 진동했네.[4]	高咏撼翠岳
송객정[5]에서 마음 절로 상하노니	傷心送客亭

의 문중 재실이다.

4 깊숙한……진동했네 : 남명 조식이 덕산 골짜기에 은거할 때 관직을 제수하는 교지(教旨)가 여러 차례 이르렀고, 남명은 한 번도 나아가지 않았던 것을 일컫는다.

5 송객정(送客亭) : 현 경상남도 산청군 삼장면 덕교리에 있었던 것으로, 덕산 산천재(山天齋)에 은거하던 조식이 자신을 찾아온 문인 덕계(德溪) 오건(吳健)을 10리 밖까지 나와 전송하던 곳이다.

날씨 추워져 나뭇잎이 뚝뚝 떨어지네.	天寒葉正落
유람객이 문득 귀가할까 생각하니	遊子忽思歸
구름 낀 산이 어찌 그리도 막막한지.	雲山何漠漠
연구(聯句)는 자주 꿈에 보일 테고	聯環頻入夢
어머니 봉양도 오랫동안 못했구나.	慈幃久曠職
장맛비는 어찌 이리 연일 내리는지	霖雨何連日
침울한 걱정으로 누각에 기댔었지.	沈憂倚山閣
좋은 벗들 맛난 술을 보내 왔기에	良友遺醱醱
세 잔 술에 번다한 생각 사라졌네.	三盃煩腸沃
정다운 만남 잠시도 해이하지 않아	繾綣暫不懈
담소 나누며 하룻밤을 함께 보냈네.	談笑聊永夕
작별하게 되어 섭섭한 마음 있지만	臨別餘意在
겨울 빈산의 잣나무처럼 변치 않으리.	歲寒空山柏

작품
개관

출전: 『약재집(約齋集)』권1, 「덕산기행(德山紀行)」
일시: 1910년 가을
동행: 미상
일정: 덕산의 남명유적지 일대를 유람하였다.

저자 : 안종화(安鍾和, 1885-1937)

자는 예숙(禮叔), 호는 약재(約齋), 본관은 광주(廣州)이다. 시조는 고려 때 상장군(上將軍)을 지낸 안방걸(安邦傑)이며, 안수(安綏)가 처음 함안군 안인리(安仁里)에 이거하였고, 조선조에 들어와 안여거(安汝居)가 경북 칠원군 배영리(拜榮里)로 옮겨 살았다. 부친은 방산(方山) 안기원(安冀遠)이다. 그는 칠원 영동리(榮洞里) 집에서 태어났다.

거창 다전(茶田)에 있던 면우(俛宇) 곽종석(郭鍾錫, 1846-1919)에게 나아가 수학하였고, 회당(晦堂) 장석영(張錫英, 1851-1929)에게도 질정하여 인정을 받았다. 1912년 함안의 학자들이 수동(洙東)의 한천재(寒泉齋)에서 강학하였는데, 이때 사람들의 추천으로 글을 지었다. 1910년 가을, 덕산으로 들어가 덕천서원을 배알하고 대원사 일대를 유람하였다. 이 작품은 이때 지은 것이다.

스승 곽종석이 파리장서 사건으로 대구 감옥에 투옥되자 찾아가 위로하였고, 병보석으로 나와 세상을 떠나자 제자의 예를 다하여 장례를 주관하였다. 이후 칩거하여 스승의 책을 읽으며 세도(世道)를 보위하는 데 힘썼다. 저술로 『약재집』이 있다.

우리 인생은
어느 곳에서 온 것인지

하우의 쌍칠기행

우리 인생은 어느 곳에서 온 것인지

하우河寓의 쌍칠기행雙七紀行[1]

○ 기해년(1935) 중추에 서쪽으로 쌍계사와 칠불암을 유람하였다.
  불일폭포 꼭대기에서 쉬며 여러 공들과 각각 1백 운(韻)의 장편시
  를 지어 훗날 산중고사로 삼는다. 己亥仲秋 西遊雙溪七佛 憩佛日高頂 與
  諸公 各賦長句百韻 以備山中異時故事云

내 유람은 가을철이라 제격이니	我行宜秋節
바람은 상쾌하고 해는 밝게 빛나네.	風淸日復暘
나와 함께 떠나는 두세 명의 벗들	同我二三子
이른 새벽에 길 떠날 채비 하였네.	侵晨啓行裝
이미 수곡의 나루터[2]를 지나서	已過水谷津

---

1 쌍칠기행(雙七紀行) : 이 작품은 하우가 쌍계사와 칠불암 일대를 유람한 기행시로, 역자가
  장문의 시제(詩題)를 편의상 압축하였다. 선현들은 이 일대로의 유람을 흔히 '쌍칠기행'이
  라 이름하였다.
2 수곡의 나루터 : 현 진주시 수곡면 창촌리 인근의 덕천강을 건너는 나루를 말한다.

점심 때 북평³ 남쪽에 이르렀네.　　　　　午抵北坪陽

멀리 바라보니 정녕 끝이 없구나　　　　　遐矚正無邊

손을 이끌고 서로가 서성거렸네.　　　　　携手相徜徉

해질 때까지 함께 달리고 달려서　　　　　鎭日共馳驅

은사리⁴ 시골집에 투숙하였네.　　　　　投宿隱士庄

동이 술은 손님 접대로 안성맞춤　　　　　樽酒好將迎

시골 풍속 선량함을 자못 느끼네.　　　　　頗覺村俗良

방화리⁵ 주점에서 술을 사고는　　　　　買酒芳花店

황토재 밑에서 말에 채찍질하였네.　　　　　策馬黃峙傍

구름 덮인 산이 어찌나 벌여있는지　　　　　雲山何歷歷

섬진강 강물 또한 어찌나 성대한지.　　　　　江水亦湯湯

바람을 타고 범선 한 척을 띄우니　　　　　臨風一擧帆

섬진강 물 위의 해는 정오 때로다.　　　　　蟾江日中央

물은 영남과 호남 경계를 나누었고　　　　　水分嶺湖界

산은 화개와 악양 지방에 솟았네.　　　　　山屹花岳方

백 리의 강이 하나의 띠처럼 흐르고　　　　　百里江一帶

양쪽 강 언덕엔 나무들이 우거졌네.　　　　　兩岸樹千章

하얀 모래는 시냇가에서 차가웠고　　　　　沙白川上寒

---

3 북평(北坪) : 현 경상남도 하동군 옥종면 북방리를 말한다.
4 은사리(隱士里) : 현 사천시 곤명면 은사리를 말한다.
5 방화리(芳花里) : 현 하동군 북천면 방화리를 말한다.

무성한 잡초는 화려하고 농염하도다.	草盛露華濃
강가 아가씨들 앉아 빨래하고 있고	江娥坐浣紗
상선의 일꾼들 저물어 돛을 올리네.	商竪晚擧檣
물건을 파는 시장은 삼일마다 서고	販物市三朝
대를 심은 집은 사방으로 담장이네.	種竹家四墻
이를 보고 감정이 어찌나 지극하던지	對此情何極
아름다운 기상이 한층 더 고양되었네.	一層佳氣揚
달려가 고소산성⁶을 멀리서 바라보니	騁望姑蘇城
높은 누대에서 봉황이 날아오르는 듯.	高臺出鳳凰
삼신산 방장산은 어느 곳에 있는 건지	三山在何處
두 물줄기⁷ 푸르고 성대하게 흐르네.	二水流碧洋
텅 빈 누대에는 봉황이 돌아오지 않고	臺空鳳不返
흰 구름만 때때로 자욱하게 덮고 있네.	白雲時茫茫
한 녹사는 지금 어디로 떠난 것인지	錄事今何去
천년토록 아름다운 그 이름 전해지네.	千載流名芳
우리들이 와서 그윽한 자취를 찾는데	我來尋幽跡

---

6 고소산성(姑蘇山城) : 현 하동군 악양면 악양(岳陽) 들판을 둘러싼 고소산에 있는 성곽을 일컫는다. 삼국시대 때 축성한 것으로 알려져 있으며, 현재는 일부만 복원되어 있다.

7 두 물줄기 : '악양'이라는 지명이 중국 호남성 동정호(洞庭湖)와 악양루(岳陽樓)가 있는 악양에서 연유한 점으로 보면, 원문의 '이수(二水)'는 순 임금의 두 부인 아황(娥皇)과 여영(女英)이 빠져죽었다는 동정호 남쪽의 소수(瀟水)와 상수(湘水)를 가리킨다. 여기서는 악양 옆으로 흐르는 섬진강과 악양에서 섬진강으로 흘러드는 악양천을 가리키는 듯하다.

삽암에는 푸른 이끼만이 뒤덮여 있네.	鍤巖苔蘚蒼
일두옹이 독서하던 그 옛날 언제였나	蠹翁昔何日
조각배 타고서 섬진강을 내려갔었지.⁸	孤舟下碧浪
우리나라에 일월처럼 환히 드리워서	東方揭日月
우리 도가 지금까지도 밝게 드러났지.	吾道至今彰
고개 돌리니 버들 늘어진 도탄 가에	回首柳灘上
산에 햇빛이 성대하니 밝게 비추네.	靉靉山日光
우뚝우뚝 산봉우리들 줄지어 서 있고	屼峛峯巒立
가파르고 험한 도로는 길게 이어졌네.	崎嶔道路長
시내는 깊어서 물고기들 즐겁게 놀고	溪深魚兒樂
땅은 기름져 벼이삭이 향기롭게 팼네.	土沃稻花香
길 가 역원은 꽤 풍족하고 북적이며	街院頗富庶
인물은 호방하고 강건한 자가 많다네.	人物多豪强
오르고 또 오르니 갈 곳이 어디인가	登登何所去
산길 점점 황량한 곳으로 들어가네.	山路漸入荒
협곡 저 멀리서 비오는 소리 들리고	谷陜遙聽雨
숲속 나무들은 서리를 맞은 듯하네.	林木如經霜

---

8 일두옹이…내려갔었지 : 일두(一蠹)는 정여창(鄭汝昌)의 호이다. 정여창이 탁영(濯纓) 김
일손(金馹孫)과 함께 지리산을 유람하고 악양 동정호로 가서 지은 「악양(岳陽)」이란 시의
마지막 구절에서 '조각배 타고서 큰 강 따라 내려가네[孤舟又下大江流]'라고 읊었는데, 여
기서는 이를 변용하여 지었다.

산수의 풍경이 평지와 얼마나 다른지	山水一何變
뒤뚱뒤뚱 걸으며 가기에도 겨를 없네.	危步進且忙
시냇가에서 잠시 쉬었다 가기로 해서	臨流乍躕躇
지팡이에 기대서 한동안 서성거렸네.	倚杖久彷徨
사찰의 종소리 어디에서 들려오는지	鍾聲何方來
은은히 저 먼 언덕에서 들려오는구나.	隱隱出遠岡
산이 높아서 구름 기운 깊기만 하고	山高雲氣深
사찰은 저 멀리서 가물가물 보이네.	梵宮遙八望
천천히 걸어서 쌍계석문에 도착하여	緩步到石門
문득 바랑 하나만 어깨에 짊어졌네.	儵然一鉢囊
찬란하도다, 바위에 새겨놓은 글자	煌煌題石字
눈으로 살펴보니 굳세고 장대하구나.	照眼勁且莊
신선의 학은 아직도 돌아오지 않고	笙鶴猶不還
최고운은 어느 곳으로 떠나가셨는지.	孤雲去何鄕
큰 나무들 길가에 여기저기 서 있고	雲木參差邊
천왕문에서 재배하고 우러러 보았네.	再拜望天王
저들은 어떤 관문 지키는 장수이기에	彼何守關將
나열해 선 그 기상 저리도 헌칠한가.	列立氣昂昂
장대하고 걸출한 귀신 얼굴을 하고서	魁傑鬼神面
두 손에는 모두 도끼 들고 서 있구나.	兩手執斧斫
날아갈 듯 걸어서 팔영루에 올라보니	飛登八詠樓
운무 연하가 서로 상서로움 드러내네.	雲煙互呈祥

우뚝 솟아 빼어남은 신상을 닮은 듯　　　聳傑肖神像
높다란 위용은 법당에서 설법하는 듯.　　巍峩說法堂
안면이 있는 듯한 승려가 다가와서　　　緇髡如識面
우리들을 서쪽 요사채로 안내하였네.　　導我入西廂
기이한 새들이 후원에서 울어대고　　　　異鳥啼後園
가던 구름도 긴 행랑에서 묵어가네.　　　歸雲宿長廊
나무 끝에 아침 햇살 찬란히 비추고　　　木末朝輝映
바위틈엔 저녁바람 세차게 불어오네.　　巖罅夕飆颺
가물가물 저 아래 속세의 저녁연기　　　渺茫下界烟
휘황찬란한 부처가 모셔진 법당 안.　　炫煌世尊房
이리저리 산보하다 한 바퀴 빙 돌고　　周步一叙紆
높이 서 있다가 눈동자 한번 굴리네.　　高立一轉眶
인간세상이 어느 곳인지 알겠으니　　　人間知何處
선계 문이 오래도록 여기에 있었네.　　仙扃久此藏
하늘하늘 옷차림을 가볍게 하고서는　　飄飄巾袂輕
깨끗하게 속진의 고삐를 벗어나고파.　　琅然脫塵韁
요로에 오른 붉은 관복의 영광일랑　　要津靑紫榮
어리석은 벼슬아치들에게 부쳐 주리.　　付與痴兒郎
분주하게 길가를 오고가는 그대들은　　擾擾路傍子
아침저녁 승냥이 같은 관리 걱정하지.　　朝暮憂豺狼
기껏 백 년인 인생 얼마나 살겠다고　　百年能幾時
성급히 경황없이 보내는 게 많은지.　　汲汲多劬勤

어찌 알리, 산수를 노니는 이런 지취	安知山水趣
가고 또 가도 한량없이 즐거운 것을.	去去無限置
신선들의 그 방술 실컷 맛보았는데	賸得飛仙術
또 불로장생하는 술을 내어 오누나.	且進瓊液漿
구름 위로 높은 곳에 위치한 칠불암	七佛雲外高
한번 바라보니 길이 가물가물하구나.	一望路蒼黃
이 산이 절경이라고 꽤나 들었는데	頗聞玆山勝
승려가 하는 말도 매우 자상하구나.	僧言亦仔詳
갈 길이 아직 몇 리나 더 남았으니	前程餘幾里
분발하여 허공을 날아오르고 싶네.	奮飛欲騰翔
걸음걸음 돌아보고 우두커니 서니	步步顧瞻立
나도 모르게 심신이 황홀해지는구나.	不覺心神惶
산빛은 비취빛 병풍을 펼쳐놓은 듯	山光列屛翠
냇물은 옥구슬이 구르는 소리인 듯.	泉聲鳴璆琅
흰 구름이 발 아래에서 피어오르고	白雲生笻屐
떠다니는 운무가 갓과 옷을 적시네.	浮嵐濕冠裳
노목은 예장나무처럼 좋은 목재이고	樹老橡樟材
굽이진 길은 사슴이 뛰노는 마당이네.	路轉麋鹿場
집을 떠난 지가 오늘로 며칠 째인지	離家今幾日
문득 나그네 수심에 처량함을 느끼네.	翻覺客愁傷
산속의 아름다운 경치를 다 맛보리라	須盡丘壑美
이번 유람은 평상시와 다른 것이로다.	此行異平常

가을 산이 단풍 들어 곱고 빼어나니　　　　秋山旣姸秀
마음으로 감상해도 꺼릴 것이 없구나.　　　心賞且未妨
오랫동안 속세 그물에 갇혀 살았기에　　　久墮塵網中
이런 유람은 일찍이 경황조차 없었네.　　　玆遊曾未遑
삼청궁9은 지금 어디에 있는 건지　　　　　三淸今安在
오래도록 생각나서 잊을 수가 없네.　　　　悠悠不可忘
시내에서 목욕하여 정신을 맑게 하고　　　浴溪瑩神骨
바위에서 쉬며 허리와 다리를 펴네.　　　　憩石伸腰脚
봉긋봉긋 산들은 계곡 안에 깊숙한데　　　亂山深鎖處
한 암자가 숲속의 벼랑에 걸려 있네.　　　一菴懸林薄
땅의 형세는 넓어지고 평평해졌으며　　　地勢且寬平
산 빛깔은 어찌 그리도 넓고 크던지.　　　岳色何磅礴
나막신을 신고 걸어 발은 피곤한데　　　行屐多困憊
숲속 열매는 적막한 곳에 열려 있네.　　　林實開寂寞
가물가물 저 멀리서 보이는 절간들　　　蓮花渺渺裏
우뚝하게 솟구친 높다란 누각 하나.　　　嵬然一樓閣
높은 산속에는 속진의 연기 끊어져　　　岌嶪絶塵烟
영롱한 빛이 숲속 계곡에서 빛나네.　　　玲瓏耀林壑

---

9 삼청궁(三淸宮) : 도교에서 말하는 원시천존(元始天尊)이 머무는 옥청궁(玉淸宮), 영보도
군(靈寶道君)이 머무는 상청궁(上淸宮), 태상노군(太上老君)이 머무는 태청궁(太淸宮)을
말한다.

높은 산은 나는 용이 도사린 듯하고 　　巖巖飛龍盤
울창한 숲은 유성이 떨어지는 듯하네. 　　森森流星落
해가 길어 섬돌의 꽃이 피어 있고 　　日長開砌花
바람이 잔잔하여 숲속의 학이 조네. 　　風和睡林鶴
만물을 적시는 비가 부슬부슬 내리고 　　法雨下蕭蕭
자비로운 구름 허공에 넓게 떠 있네. 　　慈雲浮漠漠
나뭇잎 떨어져 발자취를 덮어버리고 　　樹葉掩踪跡
시냇가의 돌은 가슴을 깨끗하게 하네. 　　水石淸肺膈
험한 곳 오를 적엔 푸른 넝쿨 잡았고 　　躡險攀靑蘿
벼랑을 오르면서 영지를 캐기도 했네. 　　緣崖拾芝藥
단지 세월이 한가함을 기뻐할 뿐이라 　　剛喜閒歲月
도리어 어제 오늘을 보낸 것 잊었네. 　　却忘度今昨
홀로 야밤에 청정한 경관을 꿈꾸며 　　獨夜夢淸景
고질병을 말끔히 떨쳐버리기도 했네. 　　泠然祛痼癃
애오라지 절간에 머물고 싶지마는 　　聊欲住僧宇
이 회포를 누구와 더불어 의탁하리. 　　此懷誰與托
기꺼이 원숭이와 학을 벗하리라고 　　翩翩猿鶴友
노년에 아름다운 약속을 해 보네. 　　歲晏結佳約
지팡이를 돌려 절벽으로 올라가니 　　歸杖付絶壁
기이한 구경거리 불일폭포에 있네. 　　奇觀在佛日
몸을 기울여 함께 당기며 오르는데 　　側身共躋攀
산골짝 바람이 소슬하게 불어왔네. 　　山風飄瑟瑟

우러러보니 하늘이 지척에 있는 듯
굽어보니 심장이 벌렁거려 두려웠네.
폭포 위에는 청학이 사는 숲이 있고
폭포 아래는 교룡이 사는 굴이 있네.
골짜기마다 맑은 연하가 떠다니고
봉우리마다 상서로운 구름이 머무네.
햇빛이 하늘 너머로 떨어지는 듯하여
멀리 바라보니 이런저런 감회가 드네.
폭포 하나 가운데로 곧장 떨어지는데
곁눈질로 보니 놀랍고 경악할 만하네.
소리는 만 마리 말이 달리듯 요란하고
형세는 천 봉우리 거꾸로 걸어놓은 듯.
발이 후들거려 제 몸도 못 가누겠고
혼이 나간 듯 어찌 감히 말을 하랴.
정신을 전일하게 해 살며시 다가가
있는 힘껏 폭포 근처에 이르렀네.
양쪽 산이 서로 날개처럼 둘러있고
폭포수가 절벽 사이에서 질주하네.
상쾌하게 옥구슬을 쏟아내는 폭포수
어지러이 은빛 새끼줄 걸어놓은 듯.
함께 나는 물방울은 머리를 다투는 듯
서로 떨어지는 건 팔일무[10]를 추는 듯.

仰審天咫尺
俯觀心戰栗
上有靑鶴林
下有蛟龍窟
谷谷流晴霞
峯峯宿祥霱
翳景天外落
遙望情非一
一瀑當中垂
睨視驚且愕
聲驅萬霹靂
勢倒千嶙峋
足掉不自持
魂怕詎堪說
挺身一精投
下力至此悉
兩山相回翼
瓊流壁間疾
決決奔玉溜
亂亂垂銀索
齊飛似爭頭
交下如舞佾

허공에 떠서 오래 날리듯 떠 있다가도 　　　　　浮空久飄拂
땅에 떨어지면 도리어 튕겨서 솟구치네. 　　　　落地還聳出
웅장한 그 소리 두터운 대지에 성대하고 　　　　雄聲殷地厚
큰 근원이 하늘에서 쏟아져 내리는 듯. 　　　　　洪源瀉天溢
우리 인생은 어느 곳으로부터 왔는지 　　　　　此生何處來
폭포 보며 서 있자니 모골이 송연하네. 　　　　　回立竦頭髮
한스러운 건 경관이 지나치게 청정해 　　　　　所恨景過淸
청량하고 또 두려운 마음[11]이 들 뿐. 　　　　　悄悄復恐牀
길 떠난 지 열흘도 채 되지 않았는데 　　　　　行塗未浹旬
돌아가고픈 마음 아련하게 일어나네. 　　　　　歸心來怳惚
유람이 풍부했음을 도리어 기뻐하고 　　　　　却喜遊覽富
이 폭포 대하고서 한참을 탄식하네. 　　　　　對此久咄咄
시를 지어 참된 발자취 남겨 놓으니 　　　　　題詩留眞跡
후인들 중 누가 다시 이를 기술할까. 　　　　　來者誰復述

---

10 팔일무(八佾舞) : 고대 천자의 뜰에서 악공들이 8명 8렬로 서서 추는 춤을 말한다.
11 두려운 마음 : 원문에는 '공상(恐牀)'으로 되어 있는데, '상(牀)' 자는 운자가 맞지 않기
　　때문에 '율(慄)' 또는 '출(怵)' 자의 오자인 듯하여 이와 같이 번역하였다.

출전: 『잠재유고(潛齋遺稿)』 권1, 「기해년(1935) 중추에 서쪽으로 쌍계사와 칠불암
을 유람하였다. 불일폭포 꼭대기에서 쉬며 여러 공들과 각각 1백 운(韻)의 장
편시를 지어 훗날 산중고사로 삼는다.〔己亥仲秋 西遊雙溪七佛 憩佛日高頂 與諸
公 各賦長句百韻 以備山中異時故事云〕」

일시: 1935년 8월

일정: 진주 수곡 – 하동 옥종 – 곤명(1박) – 하동 북천 – 악양 – 도탄 – 쌍계사 – 칠불암 –
불일폭포 – 귀가

동행: 벗 두어 명

저자: 하우(河㝢, 1872-1963)

자는 광숙(廣叔), 호는 잠재(潛齋), 본관은 진양이다. 고려 때 시랑(侍郎)을 지낸 하공
진(河拱辰)을 시조로 하고, 증조는 하문도(河文圖), 조부는 하정범(河正範), 부친은
하경석(河慶錫)이다. 현 경상남도 하동군 쌍계리(雙溪里)에서 태어났으나 중도에 악
양리(岳陽里)로 옮겨 활동하였다. 인근 수곡면 사곡(士谷)에 살던 백촌(栢村) 하봉수
(河鳳壽, 1867-1939), 관료(寬寮) 하영태(河泳台, 1875-1936)와 절친하였으며, 회봉
(晦峰) 하겸진(河謙鎭)과도 강학하였다. 저술로 『잠재유고』가 있다.

공자는
태산에서 안목을 넓혔다지

하우식의 방장산

공자는 태산에서 안목을 넓혔다지

하우식河祐植의 방장산方丈山

내 듣자하니 거열성¹의 서쪽에	吾聞居列西
여러 산들 어찌 그리도 웅장한지.	群山何屈彊
서리서리 온 산이 벌여 서 있고	蜿轉列千山
성대히 수많은 봉우리 솟았다네.	鬱積萃衆崗
방장산은 그중에 더욱 험준하여	方丈山益峻
자른 듯이 그 중앙에 솟구쳤네.	截然出其央
강하게 서린 모습 얼마나 높은지	盤拏何巖巖
우뚝 솟은 것은 하늘까지 닿았네.	突起磨穹蒼
나는 방장산 아래에서 살면서도	余生方丈下
한 번도 날아서 올라보지 못했네.	未得一翶翔

---

1 거열성(居列城) : 삼국시대 때 축조했던 산성의 일종으로, 서부경남 지역에서는 거창·산
청·진주 등지에서 발견되었다. 여기서는 하우식의 거주지인 경상남도 진주를 일컫는다.

매양 방장산에 오르길 생각했지만	每思方丈山
그런 생각을 얼마나 오래했던지.	懷思何尋常
올 가을은 날씨가 참으로 좋은데다	今秋天氣好
사방 들녘이 점점 맑고 서늘해지네.	四野轉淸凉
좋은 벗 서너 사람이 찾아 와서는	良朋三數人
내게 한 차례 산행을 하자고 했네.	要余辦一場
그대의 행장은 나를 위해 싸고	君裝爲我束
내 말은 그대를 위해 굴레 씌웠네.	我馬爲君韁
저물녘에 절간²에서 투숙했는데	暮投招提境
종소리 경쇠소리 얼마나 쟁쟁하던지.	鍾磬何鏗鏘
세속의 생각은 이미 멀어졌고	世慮今已遠
바람소리가 성근 대밭에서 들리네.	靈籟發疎篁
손을 잡고 산 밑에 이르러	携手至山下
위로 우러르니 마음이 아득하네.	仰視心茫茫
우뚝한 봉우리 잡아당길 수 없는데	巉巖不可攀
천 길 되는 바위는 크기도 하구나.	千丈石骨磅
우뚝우뚝하여 얼마나 기이하던지	矗矗何奇絶
솟구친 모습이 뾰족한 칼날 같네.	竦立似釖鋩
서로 함께 부여잡고 오르려는데	相携欲躋攀

---

2 절간 : 내용상으로 보아 현 경상남도 산청의 대원사(大源寺)를 가리키는 듯하다.

하늘바람이 옷자락을 떨쳐 흔드네.	天風拂衣裳
넝쿨 엉켜 하늘이 보이지 않았고	藤縈不見天
다리를 쉬어가며 천왕봉에 올랐네.	休脚登天王
산세가 얼마나 훤히 뚫렸던지	山勢何軒豁
눈길 닿는 대로 한 차례 조망했네.	騁目一以望
내 마음이 저절로 장대해져서	使我心自壯
서성이면서 또 배회하였네.	徘徊以彷徨
높구나 몇 천 길이나 되는지	高哉幾千仞
웅장하고 장대함이 동방의 최고라네.	雄壯最東方
곤륜산은 엄한 아버지의 모습이고	崑崙是嚴父
중국 오악은 항렬을 이루고 있네.	五岳是成行
나머지 산은 모두 그 밑에 있으니	諸山皆下風
보잘 것 없어 양의 창자와 같구나.	戌削同羊腸
계수나무는 어느 때에 피어나는가	桂樹何時發
오월에도 이 산에는 무서리 내리네.	五月下嚴霜
우뚝하게 높은 돌무더기 위에는	磊磊石矼上
유월에도 눈송이 펄펄 흩날리네.	六月雪雱雱
계곡의 시내 산등성에서 흘러내려	澗谷決山脊
물소리가 어찌나 요란하고 세차던지.	水聲何洸洸
대낮에도 우레가 진동하는 듯	白日雷聲動
굉음에 놀란 물이 쏜살같이 흘러가네.	匐訇驚溝潢
가파른 절벽은 천 층이나 까마득하고	砑崖千層落

급한 여울은 바위에 부딪히는 듯.　　　急湍或將戕
산새들은 세찬 물소리에 놀라서　　　山鳥驚怒濤
허공을 날아서 오르락내리락 하네.　　于飛相頡頏
신선들이 사는 토굴집이 많으니　　　仙翁多窟宅
낭랑하게 말하는 소리 들리는 듯.　　　如聞語琅琅
천지는 탄환처럼 작게 보이고　　　　天地小如丸
바다 바람이 부는 것만 보일 뿐.　　　惟見海風颷
붉은 노을은 손으로 잡을 듯하고　　　丹霞手可掣
눈앞의 전경은 품평할 말이 없네.　　　眼前絶雌黃
앉아서 해와 달이 뜨는 것을 보니　　　坐見日月出
역력하게 모두 눈 안에 들어오네.　　　歷歷入眼眶
지금은 해가 비로소 높이 떠 있어　　　今鳥始拂羽
달은 그 모습을 이미 숨겨버렸네.　　　玉兔身已藏
머리를 돌려 천왕봉을 바라보니　　　回首天王峯
돌무더기에 작은 담장을 둘렀네.　　　積石築小墻
성모라고 일컬어지는 저 여신이　　　云是聖母者
사당에 장엄하게 안치되어 있네.　　　小祠坐嚴莊
홀로 앉아 청산을 마주하고　　　　獨坐對靑山
비단으로 장식한 듯 화려하네.　　　錦繡以爲粧
분잡스러운 저 승려 무리들　　　　紛紛釋子輩
그 황당한 말이 너무 허탄하네.　　　幻語聊相誑
그들의 말에 성모를 의탁하자면　　　稱言託聖母

목탁을 쳐서 열 고을 놀래킨다나.　　　　撞鐸驚十鄉
이는 승려들의 잘못이 아니니　　　　　非是釋子誤
성모라는 것이 본디 거짓이라네.　　　　聖母本是佯
머리 돌려 화개동을 바라보니　　　　　回首望花開
처량하게 내 마음이 슬퍼지네.　　　　　悽然我心傷
공손히 생각건대 정일두[3] 선생은　　　恭惟鄭一蠹
도를 감추고서 잠시 은거하셨네.　　　　韜藏暫或遑
하산하여 덕천서원으로 돌아오니　　　歸來德川院
늠름한 그 정신 잊을 수가 없구나.　　　懍然不能忘
공손히 생각건대 조남명[4] 선생은　　　恭惟曺南冥
도와 덕이 모두 두루 빛난 분이라.　　　道德共周章
선생의 풍도를 공경히 우러르며　　　　欽仰先生風
두 번 절하고 책상 앞에 섰네.　　　　　再拜立前牀
경과 의는 일월과 같다던 말씀　　　　　敬義爲日月
그 기상이 봉황을 상상하게 하네.　　　氣像想鳳凰
소매 여미고 고요히 앉아 있으니　　　　斂襟坐悄然
마음속 생각을 드러낼 수 있었네.　　　可以發中藏
그대 위해 노래 한 곡 부르노니　　　　爲君歌一曲

---

3 정일두(鄭一蠹) : 일두는 정여창(鄭汝昌)의 호이다.
4 조남명(曺南冥) : 남명은 조식(曺植)의 호이다.

새와 짐승들 너울너울 춤을 추네.　　　　　　鳥獸舞蹌蹌

입을 열고 제군들에게 말하노니　　　　　　　寄語道諸君

이번 유람 또한 해롭지 않았다네.　　　　　　此遊亦不妨

내 공 부자에게 들었으니　　　　　　　　　　吾聞孔夫子

동산과 태산에서 안목을 넓혔다지.[5]　　　　　東泰眼界昌

우리들이 그런 유람을 따랐으니　　　　　　　吾輩像此遊

이번 유람이 어찌 좋지 않으리.　　　　　　　此遊豈不良

가을바람이 외로운 나무를 흔드니　　　　　　秋風撼孤樹

유람객의 마음도 덩달아 바빠지네.　　　　　　遊子心亦忙

문득 천 년 전의 일에 감동하여　　　　　　　忽感千載事

책을 품고 산속 서당으로 들어가리.　　　　　抱書入山堂

---

5 공 부자(孔夫子)에게……넓혔다지 : 공 부자는 공자(孔子)를 가리키며, 『맹자』「진심 상
(盡心上)」에서 공자가 '동산에 오르니 노나라가 작게 보이고, 태산에 오르니 천하가 작게
보인다'[登東山而小魯國 登泰山而小天下]라고 한 것을 일컫는다.

작품
개관

출전: 『담산집(澹山集)』 권1, 「방장산(方丈山)」

일시: 미상

동행: 미상

일정: 자세치 않으나, 내용으로 보면 진주를 출발하여 대원사-천왕봉-대원사-덕산으로 하산한 듯하다.

저자: 하우식(河祐植, 1875-1943)

자는 성락(聖洛), 호는 담산(澹山), 본관은 진양(晉陽)이다. 고려 때 시랑(侍郎)을 지낸 하공진(河拱辰)이 시조이다. 조선조에 이르러 창주(滄洲) 하징(河憕)을 비롯해 하명(河洺, 1630-1677)·하익범(河益範, 1767-1815) 등의 인물이 배출되었다. 하징은 남명(南冥) 조식(曹植)의 재전문인이다. 남명의 문인 하위보(河魏寶, 1527-1591)의 아들이고, 숙부 하진보(河晉寶, 1530-1585)와 형 하항(河恒) 역시 남명의 문인이다. 이들은 덕천서원 중건과 『남명집』 중간, 『학기유편(學記類編)』 간행 등을 주도하였다.

동향의 학자 한유(韓愉, 1868-1911)와 절친하여 성명(性命)의 근원에서부터 천문·지리·율려·천문 등에 이르기까지 궁구하였다. 이어 함께 송병선(宋秉璿)·최익현(崔益鉉)·전우(田愚)의 문하에 나아가 수학하였다. 정재규(鄭載圭)·조성가(趙性家) 등과 교유하였다. 그는 조선 말기 대표적인 남명학파의 한 사람으로 후학 양성에 힘썼으며, 이이(李珥)와 송시열(宋時烈)의 학설도 독실하게 존숭하였다.

생전에 한유와 함께 조식이 소요했던 지리산 백운동(白雲洞)에 은거하려 했으나 뜻을 이루지 못하였다. 그의 사후 후인들이 논의하여 백운동에 정사(精舍)를 지어 전우의 초상을 주향(主享)으로 하고 하우식을 배향하였다. 저술로 『담산집』과 『사례수록(四禮隨錄)』이 있다.

『담산집』에는 그의 산수벽(山水癖)을 확인할 수 있는 한시가 많이 전한다. 지리산을 비롯해 진주 인근의 집현산(集賢山)·월아산(月牙山), 합천의 황계폭포(黃溪瀑布), 그리고 금강산까지 유람하여 수많은 작품을 남겼다.

찾아보기

최석기 崔錫起

현 국립경상대학교 인문대학 한문학과 교수. 경남문화연구원 인문한국(HK) 일반연구원 겸임. 한국경학 전공. 성균관대학교 한문학과 문학박사. 한국고전번역원 전문위원 역임. 저역서로는 『선인들의 지리산 유람록 1-6』(공역), 『남명과 지리산』, 『남명정신과 문자의 향기』, 『덕천서원』, 『한국경학가사전』, 『조선시대 대학도설』, 『조선시대 중용도설』 등이 있으며, 연구논문으로는 「성호 이익의 시경학」, 「남명의 성학과정과 학문정신」 등 다수가 있다.

강정화 姜貞和

현 국립경상대학교 경남문화연구원 인문한국(HK)교수. 한국한문학 전공. 국립경상대학교 한문학과 문학박사. 경남문화연구원 학술연구교수 역임. 저역서로는 『선인들의 지리산 유람록 1-6』(공역), 『지리산, 인문학으로 유람하다』(공저), 『거문고에 새긴 외금내고, 청도 탁영 김일손 종가』 등이 있으며, 연구논문으로는 「한말 지식인의 지리산 유람」, 「지리산유람록 연구의 현황과 과제」 등이 있다.

선인들의 지리산 기행시 3

2016년 2월 29일 초판 1쇄 펴냄

옮긴이 최석기·강정화
펴낸이 김흥국
펴낸곳 도서출판 보고사

등록 1990년 12월 13일 제6-0429호
주소 경기도 파주시 회동길 337-15 보고사 2층
전화 031-955-9797(대표), 02-922-5120~1(편집), 02-922-2246(영업)
팩스 02-922-6990
메일 kanapub3@naver.com / bogosabooks@naver.com
http://www.bogosabooks.co.kr

ISBN 979-11-5516-529-4 94810
　　　979-11-5516-451-8 세트
ⓒ 최석기·강정화, 2016

정가 18,000원
사전 동의 없는 무단 전재 및 복제를 금합니다.
잘못 만들어진 책은 바꾸어 드립니다.

이 도서의 국립중앙도서관 출판예정도서목록(CIP)은 서지정보유통지원시스템 홈페이지(http://seoji.nl.go.kr)와 국가자료공동목록시스템(http://www.nl.go.kr/kolisnet)에서 이용하실 수 있습니다.(CIP제어번호: CIP2016004811)